colección alandar

Prisioneros de lo invisible

Rosa Huertas

EDELVIVES

Dirección editorial:
Departamento de Literatura GE

Dirección de arte:
Departamento de Diseño GE

Diseño de la colección:
Manuel Estrada

Fotografía de cubierta:
Shutterstock

1ª edición, 4ª impresión: noviembre 2019

Impresión:
Edelvives Talleres Gráficos. Certificado ISO 9001
Impreso en Zaragoza, España

ISBN: 978-84-140-0748-8
Depósito legal: Z 65-2017

El 0,7% de la venta de este libro se destina a proyectos de desarrollo de la ONGD SED (www.sed-ongd.org).

FICHA PARA BIBLIOTECAS

HUERTAS, Rosa (1960–)
Prisioneros de lo invisible / Rosa Huertas. – 1ª ed., 4ª reimp. – [Zaragoza] : Edelvives, 2019
245 p. ; 22 cm. – (Alandar ; 154)
ISBN 978-84-140-0748-8
1. Fantasmas. 2. Madrid. 3. Misterio. 4. Institutos. I. Título. II. Serie.
087.5:821.134.2-3"19"

A Rafa,
que me desveló todos los secretos
del San Isidro.

A Joan Manuel Gisbert,
de quien aprendí a escribir
historias de misterio.

UNA VENTANA HIPNÓTICA

La ventana del aula de 3.º C me hipnotiza. Parezco una mosca de hierro pegada al cristal, que me atrae como un poderoso imán. El primer día de clase elegí uno de los pupitres con vistas al patio y la tutora aún no me ha cambiado de sitio, a pesar de que no atiendo nada. Será que no se ha dado cuenta de que existo.

Estaba muy enfadada ese primer día de clase. Me habían separado de todas mis amigas y el grupo donde había caído no me gustaba nada: unas cuantas niñas monas, dos o tres pesados de esos que no dejan dar clase, Prieto (el matón oficial del instituto, al que tengo pavor desde primero) y una masa de seres invisibles entre los que me encuentro yo.

El panorama a través de la ventana es tan desolador que el mundo dentro del aula parece menos temible, menos amenazador. Me habría gustado que se viera un parque lleno de árboles y de gente paseando, pero las vistas no producen alegría, sino más bien inquietud.

Una vez, alguien me contó que su clase daba a un cementerio y podían contemplar las lápidas, los nichos y las cruces, grises como un día de lluvia. No es un cementerio lo que se ve desde el aula de 3.º C, pero la imagen me parece más desoladora que la de un entierro.

Os preguntaréis qué demonios se ve a través del ventanal.

—¡Quieres hacer el favor de atender! —me grita la profe de Lengua.

Entre los que andamos en las nubes, los que no paran de hablar y la gente que interrumpe constantemente, no hace más que llamarnos la atención. No es la única a la que tenemos desesperada, pero esta se empeña en que aprendamos algo a pesar de la falta de interés de la mayoría. No es que yo no tenga interés… es que lo que veo por la ventana me tiene hipnotizada. ¿Seré víctima de un hechizo?

Se trata de un edificio abandonado que se está cayendo a trozos dentro del patio. Es un viejo palacio que se encuentra pegado a nuestro instituto, el San Isidro, en pleno centro de Madrid, al lado de la Plaza Mayor. El edificio pertenece al Ayuntamiento pero, como no hay dinero para arreglarlo y no pueden tirarlo porque es un inmueble histórico, están dejando que se caiga. Encima de nosotros.

Antes del verano colocaron unos andamios, pero después de las vacaciones nos encontramos con que una parte se había derrumbado y mostraba paredes desoladas, ladrillos rotos, trozos de escaleras que no llevan a ninguna parte, puertas desvencijadas y piedras colgando de cables pelados. Y esa parte del patio, cerrada a cal y canto para los alumnos.

Mirarlo me pone triste, muy triste, pero no puedo evitar hacerlo y, cuando la vista se concentra en esas paredes destrozadas, parece que los sonidos de la clase desaparecen. Aunque mis compañeros no paran de hacer ruido.

Ahora la profe se pone a gritar para que nos callemos. Las monísimas no dejan de charlar, Prieto suelta una tontería de las suyas, sin venir a cuento, y el resto le ríe la gracia. Miro alrededor y compruebo que solo hay un alumno que permanece serio y en silencio, aunque juraría que tampoco está atendiendo a la explicación de sintaxis.

Es el chico nuevo. Llegó varios días después del inicio del curso, nadie nos lo presentó. Se sentó en una de las mesas del fondo que estaban libres y no abrió la boca. Nunca levanta la mano y los profes tampoco le preguntan. Ignoro cómo suena su voz. Es bajito y siempre va vestido con ropa de colores oscuros, para camuflarse. Es gris, por eso su imagen se desdibuja entre los demás y pasa completamente desapercibido. No creo que se le haya acercado nadie: no es el tipo de las monísimas y el resto ha ido formando pareja con algún amigo para sobrevivir. Menos yo. A mi lado no se sienta nadie. No debo de ser buena compañía.

Regreso a las ruinas del edificio. Ha empezado a llover y el agua le presta una apariencia aún más desoladora. Me sobresalta el timbre del cambio de clase.

—Ya sabéis que estáis castigados a séptima hora —oigo decir a la profe.

Todos protestan ruidosamente. Yo no me había enterado. En el fondo, me da igual. Así haré los deberes antes de llegar a casa, daré tiempo a mi padre para que prepare la comida y me libraré de poner la mesa. Casi me viene bien. Miro alrededor y todos gritan, incluida la profesora. Todos menos el chico nuevo, Enrique, creo que se llama. Permanece ajeno al jaleo, contemplando al resto con indiferencia, como si el castigo no fuese con él. No mueve ni un músculo de la cara, ni sonríe ni parece enfadado. De pronto, nuestras miradas se cruzan, se ha dado cuenta de que lo observo, y aparto la vista de él. Las ruinas tras la ventana vuelven a acaparar mi atención.

A las dos y media algunos tienen intención de largarse y no cumplir el castigo, pero, antes de que puedan huir, aparece Rafa por la puerta. Es el jefe de estudios y más vale estar a buenas con él. La mayoría se van sentando, sumisos, dispuestos a escuchar la charla con cara de resignación. Oigo arrastrar la silla a mi lado: Enrique, el nuevo, ha decidido ser mi compañero de pupitre sin consultarme.

—¿No os da vergüenza comportaros así? —comienza a hablar Rafa.

Dejo de escuchar y me concentro en los ladrillos que cuelgan del palacio medio derrumbado. Parece que en la pared que veo enfrente, pegada al edificio de la capilla, hay unas líneas dibujadas de un color negro desvaído. También creo entrever unos números al extremo de cada raya: 6, 7, 8, 9, 10. Y unas letras ilegibles debajo. Serán visiones, grietas que de tanto mirarlas me parecen otra cosa.

De pronto, un rayo de luz se pasea por la pared y proyecta una sombra alargada que avanza en paralelo a las líneas, que dejan de ser un trazo desdibujado para mostrarse nítidas, como recién pintadas. Siento un escalofrío, ¿me habré dormido en clase y estaré soñando? La sombra se posa sobre el número diez y me doy cuenta de que es un reloj de sol que marca la hora. No escucho nada alrededor, solo veo el reloj y parece que floto fuera de la clase, fuera del tiempo. ¿Habré perdido el conocimiento? No estoy mareada, ni asustada, solo impresionada. Será que no he comido desde la hora del desayuno, que llevo horas con la vista fija en ese edificio en ruinas y que veo visiones.

Suena el timbre y despierto, regreso al aula de 3.º C y al ruido de mis compañeros recogiendo para marcharse. Frente a mí, solo una pared desconchada y unas desdibujadas rayas grisáceas.

—¿Estás bien? —Enrique, el chico nuevo, me mira con cara de preocupación.

No puedo contestarle, no me salen las palabras de la garganta. Me parece que está llamando a Rafa, que se acerca y me agita levemente.

—¿Qué te pasa? ¿Te has mareado? —me pregunta.

Vuelvo a mirar hacia las ruinas y consigo pronunciar una frase:

—Es un reloj de sol.

—¿Qué dices? —El nuevo no entiende mis palabras.

—¡Vaya! ¡Qué lista! —Veo que Rafa me sonríe—. Debes de ser la única que se ha dado cuenta. Estás un poco pálida. ¿Qué te pasa?

—No es nada —consigo balbucir—. Es que he desayunado poco.

—¿Quieres que te acompañe a casa? —oigo que me pregunta mi compañero.

—Es un reloj de sol —repito mirando a Rafa.

Veo que él también lo sabe y quiero que me cuente más. No me muevo del asiento, primero porque quizá me caiga y segundo porque quiero alguna respuesta. El jefe de estudios interpreta mi gesto y se sienta delante de nosotros.

—Al caerse la pared del edificio de al lado, el reloj quedó al descubierto. Está bastante deteriorado, pero algo se puede ver. Fíjate —le dice a Enrique—, se ven unas líneas negras con unos números. Debajo hay una frase escrita en latín que apenas se lee y está incompleta. Falta el gnomon, el palo que haría la sombra para marcar las horas. Lo que estáis viendo es el reloj que miraban los alumnos de esta clase hace unos cuantos siglos.

—¿Siglos?

—Sí, hace más de trescientos años. Este lugar es un colegio desde el siglo XVI. El reloj de sol es del XVIII y ha pasado unos doscientos años tapado por el edificio que se está cayendo.

—Lo raro es que todavía exista —digo—. Y siga marcando la hora solar.

—¿Cómo va a seguir marcando la hora si le falta el palo ese... como se llame? —objeta el nuevo.

Me callo. He visto visiones, está claro, pero ha sido tan real que me estremezco al recordarlo.

—¿Puedes acompañarla a casa? —pregunta Rafa a mi compañero—. ¿Cómo te llamas? No recuerdo tu nombre.

—Quique. Bueno, mi nombre es Enrique pero prefiero que me llamen así.

Quique. Me gusta más este diminutivo. La verdad es que lo de Enrique no le pega nada: es muy largo y muy solemne para un chaval bajito que lleva camisetas negras llenas de calaveras.

Mi caso es mucho peor, me llamo Penélope y mi nombre se presta a ridículos chistes. Es demasiado largo y si se acorta es catastrófico.

—Venga, recoged y marchaos —nos ordena Rafa—. Necesitáis comer ya... y yo también.

Me gustaría preguntarle más cosas sobre el reloj de sol, quiero que me cuente todo lo que sabe, pero me temo que no es buen momento.

Bajamos las escaleras en silencio. Quique es tan poco hablador como yo, ¡vaya pareja que hacemos!

—Gracias por acompañarme —comento para romper el silencio—, pero no hace falta. Ya estoy bien.

—¿No quieres que te vean conmigo? —dice con un tono de voz tristísimo. Me sorprende la pregunta. No sé por qué ha interpretado así mis palabras.

—¡No es eso! Es por no entretenerte.

—No me espera nadie… creo.

—¿Quieres comer con nosotros? —se me ocurre proponerle—. Seguro que mi padre tiene preparada comida de sobra para los tres.

—Gracias —contesta mirando al suelo—. Otro día.

—¿A qué insti ibas el año pasado? —le pregunto.

—A otro, en Leganés.

Se calla. Es un chico de pocas palabras.

Lo miro de reojo: tiene el pelo castaño, un poco rizado; la nariz pequeña y los ojos grandísimos y oscuros. No es muy alto, pero está fuerte, debe de hacer deporte. Me fijo en sus manos, que sujetan las asas de la mochila. Son bonitas: se nota que no se muerde las uñas y las lleva bien cortadas.

—¿Por qué cambiaste de insti? —Intento sacarle las palabras con sacacorchos.

Me mira y permanece mudo, como si le hubiese preguntado por un asunto secreto. No insisto, aunque no me parece que la pregunta sea comprometedora.

Caminamos despacio por las aceras concurridas del centro de Madrid y cruzamos las calles entre autobuses y coches. Estoy tan acostumbrada a este jaleo que ya ni me doy cuenta del ruido ni de la contaminación. En el barrio tocamos a varios autobuses por habitante. Y en Navidades hay días que no se puede andar por culpa del gentío.

—Dejamos la casa donde vivíamos —dice de pronto, rompiendo el largo silencio—. Y nos vinimos a vivir con mi abuela. Mis padres se quedaron en paro y no podían pagar la hipoteca. Estamos aquí, como refugiados.

No sé qué decir. No es una situación extraña en los tiempos que corren, eso es lo que se oye cada día en las noticias, pero suena más fuerte cuando lo ves de cerca. Por suerte, ya hemos llegado al portal de mi casa. Prefiero no comentar la confesión que me acaba de hacer.

—Vivo aquí —le anuncio con cierto alivio—. Por si quieres venir a comer algún día, es el tercero derecha. Mi padre prepara la comida y lo hace bastante bien. Él también se ha quedado en paro —me solidarizo.

Quique sonríe levemente, como si lo que acabo de contar le acercase a mí, aunque no dice nada.

—¿Cómo quieres que te llame? —me pregunta.

—Penélope es demasiado largo y lo de Pene no suena bien, ¿verdad? —hablo yo por él.

—Seguro que hay alguna alternativa —asegura, y sonríe.

—¡Menuda broma lo del nombre! Me lo pusieron por una canción, de un cantante que se llama Serrat; a mi madre le encanta, ¿la conoces?

—Al cantante, sí. Hay algún disco suyo en casa, pero la canción no me suena.

—Es muy triste —le cuento—. Trata de una mujer a quien abandona su novio y se pasa la vida en la estación esperándolo, pero él nunca regresa; terrible. Aunque es peor arrastrar este nombre toda la vida, es demasiado largo y el diminutivo es de chiste. Lo más suave es Peny, así me llaman mis amigas.

—*Penny Lane*, como una canción de los Beatles. Mi madre es una fanática de los Beatles.

—Mi padre también, serán cosas de la edad.

—Hasta mañana, Penny Lane.

Se despide levantando la mano y cruza la calle deprisa, como si de repente hubiera recordado algo.

Entro en el portal y está oscuro, hace más frío que en la calle. De pronto, sin querer, recuerdo la visión del reloj de sol. Una tristeza espesa se me ha pegado como un chicle y no ha desaparecido a pesar de la compañía del chico nuevo. Es el edificio derruido que me acompaña hasta casa y ha impregnado mi ropa de olor a soledad.

Aunque nadie más sea capaz de percibirlo.

FRÍO

Acaba de sonar el timbre de entrada y voy con retraso. Me detengo, jadeante, en la puerta del aula. El profe de Mates aún no ha llegado a clase, ¡menos mal! Compruebo que Quique se ha sentado a mi lado y eso me pone contenta.

—¿Puedo comer hoy en tu casa? —me dice a modo de saludo.

Asiento con la cabeza antes de que entre el profesor, nos mande callar y comience con las explicaciones.

—Luego te cuento —susurra.

Miro hacia la ventana y me doy cuenta de que los cristales están sucios: alguien ha lanzado unos pegotes negros y viscosos que parecen alquitrán de hacer carreteras. ¿Quién los habrá tirado? Nadie puede acceder a esa zona del patio llena de escombros porque está vallada. Es como si algún bromista, desde las ruinas, se hubiese dedicado a ensuciar los cristales. Como si nos hubiera tirado la pena negra desde allí. Pero en ese edificio destruido no vive ya ningún vecino. No es posible que haya nadie vivo.

Prefiero no mirar hacia el reloj, por si me ocurre lo mismo que ayer. La clase está inusualmente silenciosa. Prieto, el matón, gruñe de pronto, como una fiera enjaulada; pero, curiosamente, nadie se ríe. El profe le regaña, muy serio.

Quique toma apuntes de la pizarra con interés, se nota que le gustan las Matemáticas. Genial, así podré pedirle ayuda cuando no entienda nada. No se me dan bien; mucho peor que Lengua o Física; muchísimo peor que Historia, que es la asignatura que más me gusta. Noto que mi compañero, de pronto, deja de atender y gira levemente el rostro hacia la ventana hipnótica.

—¿Sabrías resolver este problema? —le pregunta inesperadamente el profe.

Me sobresalto más que mi compañero, que responde rápido y acierta. Nos miramos e intento sonreír, pero no me sale. Él tampoco lo consigue.

Cuando suena el timbre del cambio de clase, veo que todos mis compañeros salen en tropel al pasillo y casi arrollan al profe, que los vuelve a regañar. Incluso yo siento la necesidad de escapar del aula.

—¿Te vienes fuera hasta que empiece la siguiente clase? —me propone Quique, leyéndome el pensamiento.

En el pasillo regresan las risas: las monas dan grititos y saltos, se dicen cosas al oído y miran hacia el aula de enfrente. Es una clase de primero de Bachillerato. Ahí está Julio, apoyado en la pared. Es guapísimo y lo sabe, las monas también lo saben, todo el instituto lo sabe. Me gusta desde primero, desde que entré por la puerta del San Isidro o antes. Julio es el hijo del dueño de la relojería del barrio, es rubio y tiene unos ojos tan azules como el cielo de Madrid en primavera. ¡Qué cursilada acabo de pensar! Pocas veces he hablado con él y siempre me he puesto roja como un tomate. Es amigo de Elisa, la hermana de Carmen, mi mejor amiga. Al menos lo era, hasta este curso: nos ha tocado en clases separadas. Ahora Carmen se ha vuelto inseparable de Lidia y siento que se está alejando de mí.

Elisa sale de su clase y me saluda con la mano, no tiene buena cara, estará resfriada. Julio se acerca a ella mucho, demasiado. Empieza a decirle secretitos al oído, pero ella no se ríe. Parece que la molesta. ¡Qué rara es Elisa! Ya quisiera yo que Julio me hiciera tanto caso, aunque sé que es imposible y ridículo. ¡Menuda ocurrencia colarme por el guaperas oficial del San Isidro! Me siento como una idiota, lo malo es que no lo puedo evitar. ¿Cómo se borra el amor?

—¿Te gustan las Matemáticas? —oigo la voz de Quique, de quien me había olvidado por completo.

Tiene ganas de hablar y yo no, habría preferido seguir pensando en lo tonta que soy enamorándome de Julio, pero no me da opción: me mira fijamente, esperando respuesta.

—No se me dan muy bien —le cuento—. Prefiero otras asignaturas. Ya veo que a ti sí te gustan, has estado muy atento a la explicación.

—No te creas, al final he acabado mirando por esa ventana… ¡Es tan triste lo que se ve que me ha contagiado!

—¡A mí me pasa igual! No sé lo que ocurre con ese sitio. ¿Y te has fijado en los pegotes negros del cristal?

—Sí, ayer no estaban. ¿Qué es ese edificio? —me pregunta con auténtica curiosidad.

—No sé mucho —confieso—. Creo que es un antiguo palacio o algo así. Es del Ayuntamiento, pero está en ruinas y no quieren gastarse dinero en arreglarlo, así que dejarán que se nos caiga encima. A la vuelta de vacaciones, nos encontramos el patio lleno de cascotes y vallado.

—Tendrá una oscura historia, seguro —comenta, enigmático.

—¿Por qué dices eso? Si pretendes asustarme, lo llevas claro —le suelto.

—Las personas que han vivido en un lugar han dejado su huella… de dolor.

Por lo visto sí pretende asustarme y casi lo logra. Es raro este Quique, muy raro.

—Sé de lo que hablo —insiste cabizbajo.

No me da tiempo a profundizar en el asunto porque el imbécil de Prieto se planta ante nosotros.

—Así que te llamas Quique —le suelta a mi amigo, escupiendo las palabras a escasos centímetros de su cara. Lo hace para intimidar y sabe que lo consigue.

Prieto se ríe con unas carcajadas tan exageradas como falsas, su cuerpo se agita convulso y los demás, que no saben ni a qué viene tanta risa, secundan las risotadas.

—Quique el friki, como la otra —dice refiriéndose a mí—; la Pene que da pena, la colgada. Sois una pareja de frikis.

Más risas histéricas. Nunca sé cómo reaccionar ante estas provocaciones. No me gustan los enfrentamientos y prefiero callarme y comerme las ganas de responder. No serviría de nada: él tiene la fuerza y yo solo soy una mosca. Mejor volar lejos de la alargada sombra de los malos.

—Quique friki, Quique friki —repite Prieto con un soniquete como el de los trenes.

Unos cuantos le siguen la broma cada vez más alto, cada vez más gente. Desearía taparme los oídos y gritar, pero eso no va a servir para que se callen ni para que se esfumen. Mi amigo parece a punto de echarse a llorar, yo debería hacer algo, pero no soy tan fuerte como para enfrentarme a ellos.

Afortunadamente llega la profe de Lengua y nos hace entrar en clase ante las protestas desmesuradas de mis compañeros. Quique respira aliviado, ambos respiramos aliviados.

Noto una luz extraña dentro del aula, parece que los fluorescentes diesen de golpe una tonalidad amarillenta que vuelve nuestras caras de un color ocre, similar al de los retratos antiguos. Es una luz triste, distinta de la habitual, pero nadie parece darse cuenta, excepto yo.

—No te he contado por qué quiero que me invites a comer —me comenta antes de sentarnos.

—No importa el motivo. Te dije que podías venir cuando quisieras.

Intento arrancarle una sonrisa que no consigo esbozar ni yo misma.

—¡Qué frío hace en esta clase! —protesta una de las monas—. Seguro que no han puesto la calefacción.

Se oyen murmullos de disgusto. Aunque los radiadores arden, es cierto que el aula parece una nevera. Fuera, llueve con ganas y el cielo está gris aunque no se aprecian las nubes: es un telón oscuro que amenaza con aplastarme. Me sorprenden tantos pensamientos negros, o quizá no. La oscuridad forma parte de mis reflexiones no sé desde cuándo. Miento, sí sé desde cuándo: desde que me siento delante de esta ventana. Los pegotes de alquitrán y las gotas de lluvia desdibujan el perfil de la casa abandonada. Creo entrever sombras entre los cascotes y escucho el sonido del agua contra los escombros con más claridad que el murmullo de mis compañeros, más nítido que las palabras de la profe. No quiero oírlo, me da miedo. Me tapo los oídos, pero sigo oyendo la lluvia, cada vez más fuerte, y de pronto oigo una especie de lamento, como si el agua se quejara mientras resbala por las piedras.

Mis ojos se clavan en la ventana y percibo un resplandor extraño entre las ruinas. Vuelvo a notar un quejido agudo. La imagen de una mujer con un largo vestido blanco desciende por las destartaladas escaleras que no llevan a ninguna parte. Suspira y oigo su respiración. Levanta la vista y me mira, no puede ser cierto lo que veo. Sus ojos transmiten una tristeza infinita. No me inspira miedo, solo lástima. Despacio, su reflejo se va deshaciendo, como si fuese de arena y el agua la hubiera desbaratado. Desaparece de mi vista al tiempo que dejo de oír la lluvia y un escalofrío recorre mi cuerpo.

—Estás pálida, como ayer —escucho, a lo lejos, la voz de Quique—. Y tiritando.

—El frío... —logro balbucir.

Tiemblo de miedo, no sé lo que me ocurre. ¿Estaré volviéndome loca? Ni me había enterado del final de la clase de Lengua. Me propongo huir de aquella mesa, de la ventana hipnótica, pero no hay ni un hueco más en el aula. Dejo a Quique con la palabra en la boca y me dirijo a las dos chicas de la primera fila que hay junto a la pared, frente a la mesa del profesor, al otro extremo de la clase. No son del grupo de las monas ni de las aliadas de Prieto, pertenecen a la masa de los invisibles y se las ve tan descolocadas como a mí. No se separan ni para ir al baño porque es su manera de protegerse. Las conozco aunque ningún curso anterior había coincidido con ellas. Me doy cuenta de que Lucía lleva un aparato en la oreja derecha, no me había fijado antes.

—¿Podríais cambiarnos el sitio? —les pregunto señalando hacia el pupitre donde se encuentra Quique.

—La tutora no nos deja ponernos donde nos da la gana —asegura Yala—. Se enfadará si nos cambiamos.

—Pero ahora tenemos Inglés y la profe ni se fija en eso, es muy despistada.

Yala le explica a Lucía mi propuesta, al parecer no nos ha oído bien. Mira hacia la ventana y dice que no con la cabeza.

—Lucía tiene que estar cerca de los profes para enterarse bien. Pero no te vas a enfadar con nosotras por eso, ¿verdad? —pregunta Yala, claramente temerosa.

—No —aseguro—. Es que me distraigo mucho ahí sentada y como siga así voy a suspenderlo todo por no atender.

—Dile a tu compañero que se ponga él pegado a la ventana y tú al lado —me sugiere Yala.

No se me había ocurrido. Quizá funcione, aunque solo me aleje un metro del cristal, pero no quiero traspasarle el problema a un amigo. Me niego a reconocer que el problema no es la ventana, soy yo con mis obsesiones y mis extrañas visiones de chiflada. ¿Qué hago si esto se repite? ¿A quién le voy contar que veo relojes de sol que no existen desde hace siglos y mujeres de blanco moverse entre los escombros de una casa medio derrumbada?

Regreso a mi mesa junto al ventanal y no me atrevo a proponerle el cambio de sitio a Quique, ni siquiera soy capaz de pronunciar una palabra.

—A ti te pasa algo —afirma mirándome a los ojos.

Es fácil deducirlo: seguro que estoy blanca como el papel y tengo unas ojeras de vampiro.

—¿Qué es este sitio? —me pregunta mirando hacia fuera—. Alguien tiene que saberlo.

Es muy listo Quique. Sabe que el origen de mis ojeras está ahí, escondido entre los cascotes. ¿Me creerá si le confieso lo que me ocurre? Evidentemente no, y no le culparía.

—Seguro que Rafa puede contarnos algo. ¿Y si vamos a preguntarle luego? —propone—. ¿O se enfadará tu padre si llegamos tarde a comer?

—Bueno —respondo con un hilo de voz que casi no reconozco como mío—. Dudo que nos atienda, pero por intentarlo…

—Seguro que sí, ya lo verás —añade convencido—. Parece una persona humana.

—¿Y qué quieres que parezca, un marciano? —Me sorprenden sus palabras.

—Quiero decir que es un buen tío. Escucha a la gente y tiene en cuenta la situación de las personas antes que la ley, y otras cosas por el estilo.

—¿Tú cómo lo sabes?

—Eso dice mi madre. Nos ayudó para que yo me pudiese matricular en este instituto, creo que fuera de plazo o algo así. Y nos trató muy bien.

—Vale. Iremos. No me has contado aún por qué quieres venir hoy a comer con nosotros —digo, mientras le envío un mensaje a mi padre para que cuente con un invitado.

—Estoy solo en casa y no sé si habrá algo en la nevera. Mi abuela está en el hospital y mi madre con ella.

—¿Qué le pasa?

—Se ha roto la cadera —suspira.

—Pues ya sabes dónde hay un plato de comida para ti, siempre que quieras.

—Gracias.

Me da las gracias con todo el rostro: con la palabra, con la sonrisa, con la mirada. No me había dado cuenta de que tiene unos ojos preciosos y muy expresivos, de esos que hablan sin necesidad de abrir la boca. No son azules como los de Julio, no puedo evitar compararlos. Quique no es tan guapo, las monas jamás se fijarían en él, ni yo tampoco si fuese otro alumno más entre los cientos que recorren los pasillos del San Isidro. Ahora es alguien especial, acabo de descubrirlo, y la revelación me ha quitado de golpe el frío y me ha regalado un soplo de calor, suficiente para soportar el resto de la mañana sin sobresaltos.

Es uno de los milagros de la amistad.

LA DESGRACIADA DUQUESA

Nos plantamos, algo asustados, delante del despacho de Rafa. Está cerrado, pero se oyen voces: no se distinguen las palabras con las que discute con un alumno. Está enfadado, muy enfadado.

—¿Y si lo dejamos para otro día? —me susurra Quique—. No sé si será buena idea entrar ahí.

De pronto, la puerta se abre de forma brusca y sale un chico alto dando puñetazos al aire y soltando palabras incomprensibles que suenan fatal. Deja la puerta entreabierta y me asomo tímidamente. Veo a Rafa sentado detrás de la mesa del despacho, con la cara apoyada en los puños y resoplando. La puerta chirría levemente y el ruido le hace levantar la cabeza. Nos ve.

—¿Qué queréis?

Nos quedamos quietos, sin atrevernos a entrar. Él nos anima y cambia la expresión de su rostro.

—Venid, sentaos. ¿Qué os pasa? ¿Se ha metido alguien con vosotros?

Miro a Quique, ¿sabrá el jefe de estudios que Prieto se burla de mi amigo? Puede ser una buena ocasión para contárselo.

—No —asegura rotundo—. Nadie se mete conmigo. Queríamos preguntarte algo.

—Pues venga, que todos tenemos que irnos a casa a comer.

—Es sobre la casa esa que se está cayendo —hablo yo—. Queremos saber qué es ese edificio.

—Vaya. —Sonríe—. Me alegro de que alguien se interese, ya vi que te fijaste en el reloj de sol. La del palacio es una larga historia. Aunque no lo parezca, aunque ahora solo sea un montón de ruinas, fue el palacio de la duquesa de Sueca.

—¿Quién es esa duquesa de Sueca? —pregunto.

—Era la mujer de Godoy, el ministro de Carlos IV, a finales del siglo XVIII y principios del XIX. Pero sirvió para otras cosas y después… tiene mucha historia. Si te interesa, te pasaré un enlace donde encontrarás más información. Dame tu dirección de correo.

Obedezco y él me asegura que esta misma tarde lo tendré en mi ordenador. Me tranquiliza. Todo puede tener una explicación, me engaño pensando que será una explicación racional.

—¿Por qué tanto interés? —nos pregunta Rafa mientras cierra la puerta del despacho.

No sé qué responder, no puedo responder.

—Soy muy curioso —contesta Quique por los dos—. Me gusta la historia y los sitios abandonados. Quiero investigar.

Rafa lo mira como a un bicho raro, no debe de estar acostumbrado a que un alumno le cuente algo así. Se despide de nosotros en la puerta del IES y anima a mi amigo a que siga investigando. No sé si se habrá creído del todo la trola que le ha contado. Nosotros dos nos quedamos callados, como es costumbre, y caminamos despacio hacia mi casa.

—Creo que hay lentejas para comer —le informo delante del portal—, ¿te gustan?

Él encoge los hombros y no dice más. Se las comerá aunque las odie. ¡Qué remedio le queda!

Papá nos abre la puerta, se alegra de verme acompañada y de que Quique se quede a comer. Empieza a asaltarlo con preguntas, sin saber que mi amigo es de pocas palabras y que se sentirá incómodo. Enseguida, mi padre se entera de dónde vive, cómo se llama, quiénes son sus padres…

—¿Eres el hijo de Charo? —le pregunta de pronto con los ojos muy abiertos.

Noto un tono especial en su voz al pronunciar ese nombre. Quique asiente con la cabeza.

—¡Conozco bien a tu madre! —exclama con una alegría nada fingida—. Éramos muy amigos. Fuimos juntos al instituto, como vosotros, pero luego ella se marchó del barrio y no volví a saber nada. Bueno, de vez en cuando le preguntaba a tu abuela. Por eso me enteré de que se casó y de que te tuvo a ti. Aunque pocas veces llegamos a coincidir por la calle. Es lo que tienen las grandes ciudades…

Quique le escucha al tiempo que se entretiene dando vueltas a las lentejas con la cuchara, es evidente que no le van mucho. Le retiro el plato antes de que las maree más y veo que los filetes del segundo plato le encantan porque le he puesto tres y no ha protestado.

—¿Y cómo es que estáis viviendo aquí ahora? —insiste mi padre, y me dan ganas de darle una colleja. Esa es la pregunta incómoda que yo no deseaba que le hiciera.

—Por trabajo —contesta cabizbajo.

Mi padre ha debido de darse cuenta de que hay algo más, delicado y dramático, y de que es mejor no insistir.

—Hoy ha venido porque su madre está con su abuela en el hospital —digo yo—. Se ha roto la cadera.

—¡Vaya! ¡Cuánto lo siento! —salta papá—. Vente a comer los días que quieras, mientras ella esté ingresada. Si necesitáis algo...

—Gracias —se limita a decir.

—Dale recuerdos de mi parte... —Se queda abstraído, como yo cuando miro en clase hacia la ventana—. A las dos.

En cuanto acabamos de comer y de recoger la mesa, nos falta tiempo para plantarnos delante del ordenador y buscar información sobre el palacio.

Compruebo, asombrada, que Rafa ya me ha mandado el archivo con información a mi correo.

Le agradezco el interés. Habrá comido más rápido que nosotros, y no me extraña: con el interrogatorio de mi padre y la lentitud de Quique con las lentejas, la comida se nos ha alargado demasiado. El informe que me envía es extenso y está lleno de datos, habrá que leerlo con mucha calma.

—¿Quién era esa duquesa de Sueca? —me pregunta Quique, lo mismo que yo le pregunté hace un rato a Rafa—. Deberíamos empezar buscando información sobre ella y el palacio, ¿no te parece?

Tecleo el nombre en Google y surgen un montón de entradas. Quique se fija en las imágenes, en ellas se ve el edificio destartalado. Las miramos y comprobamos que todo el interior es una pura ruina: dos patios llenos de escombros, la fachada principal destrozada y, lo que ahí no aparece, la parte que da al San Isidro, cayéndose por momentos.

Me resulta el lugar más triste del mundo: cargado de historia y muerto en el presente.

Buscamos datos sobre la duquesa de Sueca y leo que era la mujer de Godoy, el ministro de Carlos IV. Hay un cuadro de ella, pintado por Goya. Lo miro con detenimiento y no puedo creer lo que aparece.

¡Es ella! ¡La misma mujer que he visto a través de la ventana!

Me tapo la cara con las manos, no quiero mirar la pantalla. Me invade una tristeza que no puedo controlar. La mujer cuya sombra he visto vagar por las ruinas del palacio fue pintada por Goya hace más de doscientos años. ¿Me habré vuelto loca?

—¿Qué te pasa? —Es la voz de Quique y siento su mano en mi hombro.

Si le cuento lo que me ocurre pensará que estoy loca y me quedaré sin el único amigo que tengo en clase.

—¿Qué has visto? —me pregunta.

Siento que algo intuye. Percibe que mi estremecimiento tiene que ver con algo oscuro e inexplicable, quizá me crea, pero debo ser prudente.

No quiero perderle.

—La he visto a ella —balbuceo señalando la imagen del cuadro.

—Y no es la primera vez que la ves, ¿verdad? —dice leyéndome el pensamiento.

Comprendo que sabe más de lo que yo percibo, porque me está mirando dentro de las pupilas, porque ve más allá de las apariencias. Quizá Quique tenga un poder que desconozco.

—La he visto esta mañana por la ventana de clase, entre las ruinas del palacio.

Lo he dicho de golpe, sin pensar, y espero su reacción con miedo. De ello depende que siga sola entre la niebla o que tenga una mano a la que agarrarme.

Vuelve a mirarme como solo él sabe.

—Es eso lo que te pasa, ¿verdad? Ves cosas que no existen.

Asiento con la cabeza y hago un esfuerzo por no echarme a llorar.

—La ventana de clase… —tartamudeo.

La angustia me impide seguir hablando, me tiemblan las manos y Quique se da cuenta. Las coge con fuerza y me traspasa un afecto con el que no contaba. Siento un calor y una ternura que logran detener el temblor. Milagrosamente, me tranquilizo. Ahora estoy segura: mi amigo tiene un poder extraordinario. Mi garganta y todo mi cuerpo se relajan, puedo volver a hablar.

—He visto también el reloj de sol completo, no como está ahora, que casi no se distingue, sino como si lo acabaran de pintar en la pared de la iglesia. Siento que la tristeza del palacio se está traspasando a la clase.

—No hay que dejarse vencer por la tristeza. —Me sonríe.

—Me da miedo que me ocurra esto —confieso.

—Por eso tenemos que saber a qué nos enfrentamos. Lo primero, habrá que averiguar qué le pasó a esa duquesa que has visto.

No sé si quiero saberlo porque presiento que será desolador. Ya es malo lidiar con las propias penas como para tener que cargar con las tristezas ajenas. Aprieto la mano de Quique y me dispongo a leer la vida de una desgraciada mujer.

Se llamaba María Teresa de Borbón y Vallabriga, era condesa de Chinchón y marquesa de Boadilla del Monte. Nació en un pueblo de Toledo, en 1780, y murió en París en 1828. Su matrimonio con Godoy fue concertado y por interés familiar. Ella apenas había visto a su futuro esposo cuando se casaron en el Monasterio de El Escorial. Solo tenía 17 años.

—Tenía 17 años cuando la casaron —oigo decir a Quique—. Es como para morirse de pena.

Vuelvo a la pantalla y leo que, desde el principio de su matrimonio, tuvo que convivir con la amante de su marido, Pepita Tudó, en la misma casa. En esa casa cuyas ruinas veo desde la ventana de la clase. Descaradamente, la amante acudía a los actos públicos y privados con Godoy. Esta tremenda situación hizo que la chica, retraída y tímida, se fuera encerrando en sí misma, acumulando un odio a su marido cada vez más intenso.

—Parece ser que Godoy la maltrataba física y psicológicamente —vuelve a hablar Quique, que lee más rápido que yo—. ¡Es horrible! Pobre mujer.

No es posible imaginar nada peor que estar atrapado en una situación como esa. Leo con la esperanza de que la vida de María Teresa, a la que me une un hilo invisible, hubiese mejorado de alguna manera.

La reina María Luisa, siempre entrometida en la vida de Godoy, estaba muy preocupada por la relación del matrimonio y cuando María Teresa quedó embarazada los hizo trasladarse al Palacio de Oriente para cuidar de ella personalmente, no la dejaba ni siquiera caminar. Fue entonces cuando posó para el famoso retrato pintado por Goya, y lo hizo sentada.

La llegada de su hija no la hizo feliz; tal vez odiaba tanto a su marido que la niña le parecía una continuación del padre, la consecuencia de su desgraciada vida. Godoy, a su vez, criticaba y despreciaba a su esposa. María Teresa no soportaba más su situación e intentó huir y abandonar a su familia.

Después del Motín de Aranjuez, Godoy fue detenido en su palacio de Aranjuez y encarcelado. Ella pudo marchar a Toledo al lado de su hermano, escapando para siempre de su odiado esposo. Pero también dejó abandonada a su hija, que marchó con los reyes al exilio.

—Pero ahí no se acabaron sus problemas —deduzco de lo que voy leyendo—. Con la invasión de los franceses empezaba otro periodo difícil y triste para ella. Perdió todo lo que tenía, llegando a pasar momentos de verdadera penuria. Tuvo que vender sus alhajas para mantenerse.

—Bueno, si tenía joyas tampoco estaba tan mal —comenta Quique.

—Después de la guerra, a la vuelta de Fernando VII, su hermano cayó en desgracia y fue confinado en Toledo. María Teresa lo acompañó, y solo pudieron salir para asistir al entierro de su madre en Zaragoza —sigo leyendo.

—Hasta estuvo encarcelada, ¡menuda vida!

—Por sus ideas liberales se tuvo que exiliar a París. Allí vivió un tortuoso romance con el coronel Mateos, que se enriqueció a su costa y la maltrataba.

—Y murió en París con 48 años. Una vida más que triste, dolorosa. ¿Será ese dolor lo que aún vive entre las paredes del palacio? —se pregunta Quique o me pregunta, no estoy segura.

—No lo sé, pero los cristales están manchados con pegotes de algo que parece pena negra —le respondo—. Y en clase los compañeros se están contagiando de algo peor que la gripe.

—Es verdad, anda todo el mundo con pocas ganas de broma. Y nadie sabe por qué, y ni siquiera se lo preguntan.

—Nosotros sí lo sabemos, Quique —digo, como si estuviese segura de ello—. Pero no podemos hacer nada.

—Siempre se puede hacer algo —asegura, convencido—. Siempre. Nos toca descubrir el qué.

—Gracias por estar conmigo en esto. —Mis palabras salen del alma.

—No me lo perdería por nada del mundo.

PENA NEGRA

Me despierto y el día es tan oscuro como la noche, cuando me acosté. Compruebo que fuera llueve y el color gris pinta el suelo y las fachadas de las casas, como si cayera ceniza del cielo. Mamá entra en mi habitación para darme un beso antes de marcharse al trabajo y me encuentra sentada en la cama.

—No te has levantado con buena cara, llevas unos días rara, como si estuvieses incubando algo —me dice, sabia como todas las madres.

Intento quitarle importancia a mis ojeras y la abrazo para aspirar el olor de su colonia, que siempre me resulta tranquilizador. Me quedaría toda la mañana aquí en casa, pegada a ella, pero las dos tenemos obligaciones que cumplir. Mamá regresa a las tantas todos los días, sabe que dependemos de ella y por eso hace más turnos que nadie. La echo de menos por las tardes tanto como ella a mí, a pesar de los esfuerzos de mi padre por suplir el hueco que mi madre deja entre nosotros.

Papá me recibe contento en la cocina y no imagina cuánto se lo agradezco.

Es «inasequible al desaliento», como él mismo asegura.

—¡Vamos, pulga! —me dice, como cuando tenía tres años—. Un día estupendo te espera.

Lo miro y señalo hacia la ventana.

—Llueve —me limito a responder.

—Eso es bueno. Así se limpiarán las calles, que están asquerosas. Como vas andando al instituto, el estado del tráfico te da igual. ¡Que se fastidien los conductores!

Me río sin ganas, no quiero traspasarle mi melancolía a papá. Si no estuviese en paro, él mismo estaría atrapado en un atasco. Seguro que lo está pensando: algo bueno debe tener el no trabajar.

—Os esperaré a comer, cuento con Quique. Así que no os entretengáis a la salida.

—Gracias. —Ahora sí sonrío de verdad. Quique es lo mejor que me ha pasado en los últimos meses—. ¿Conoces una canción de los Beatles que se llama *Penny Lane*?

—¡Claro que la conozco! Sabes que me sé de memoria todos los discos del grupo —responde como yo suponía.

—¿Y de qué trata?

—Es el nombre de una calle de Liverpool.

—¿Una calle? —pregunto decepcionada.

No sé qué es peor, si llevar el nombre de la tal Penélope que esperaba inútilmente en la estación o tener nombre de calle.

—Sí, ¿quieres oírla? Creo que la tengo por aquí…

—Déjalo —suelto de mala gana—. Será mejor que me vaya o llegaré tarde a clase.

Papá se queda triste, soy única para aguar la fiesta al personal, y eso que él se había levantado de buen humor.

En la calle me recibe una humedad de las que calan los huesos. Me pongo la capucha y me resigno a mojarme, todo menos coger un paraguas. Me pego a las fachadas de las casas como único recurso. Una gota enorme cae desde un toldo y me empapa el chubasquero.

—¡Tía, mira que eres maniática! —oigo una voz a mi lado—. No abres un paraguas ni aunque esté diluviando.

Carmen me tapa con el suyo. Me alegro de verla y se lo digo.

Últimamente coincidimos poco y también es culpa mía: he dejado de llamarla para quedar a estudiar por las tardes y yo no soy una compañía agradable. No podría contarle lo que me está ocurriendo.

—¿Qué tal te va en la clase? —me pregunta tímidamente.

Sabe que estoy mucho peor que ella, que en su grupo tiene amigos de otros años y que ya no me necesita tanto como antes. Lo sabemos las dos.

—Fatal —respondo.

Se queda callada porque siente que no puede arreglarlo; pero, al mismo tiempo, sabe que la echo de menos y eso sí podría solucionarlo.

—Bueno —rectifico—. Hay un chico nuevo en clase, nos hemos hecho amigos.

—¿Un chico nuevo? ¿Y es guapo?

La pregunta me coge por sorpresa.

—Es guapo, aunque no tanto como Julio —contesto.

—¿Aún sigues colgada por ese idiota? —me regaña—. Te mereces algo mejor. Ahora le ha dado por perseguir a mi hermana Elisa, y eso que ella no le hace ni caso.

Aparecen más paraguas que se unen al nuestro, entre ellos el de Lidia, la nueva amiga inseparable de Carmen. El curso pasado, yo pensaba que Carmen y yo seríamos siempre las mejores amigas del mundo. Ahora se acabaron las confidencias y las dos lo sabemos.

—Tenemos examen de Lengua —dice—. Y ya sabes que se me da fatal. Aunque anoche mi hermana me lo explicó y algo de idea tengo.

—Luego sacarás un sobresaliente —le reprocho.

Antes de despedirnos en el pasillo de arriba, en un aparte y sin que lo escuche Lidia, Carmen me habla casi al oído:

—Tienes que presentarme a ese amigo tuyo —me pide.

Asiento con la cabeza y veo cómo se aleja balanceando la mochila.

Entro en clase y compruebo que Quique ya está sentado, al lado de la ventana. Se oye un murmullo raro, como de graznidos de cuervos. Hace más frío que en el pasillo y la luz de los fluorescentes es tan mortecina como la que entra por la ventana. Ahí siguen los pegotes de alquitrán en los cristales, ni la lluvia los ha podido arrancar.

Veo que la luz se apaga; es la profe, que ha tocado los interruptores creyendo que las bombillas no estaban encendidas.

—¡Qué poca luz hay en esta clase! —exclama.

Ella ha entrado sonriendo, pero veo que se le hiela la sonrisa cuando mira hacia la ventana.

—Alguien tendría que limpiar esos cristales —dice—. Dan asco.

—Dan pena —suelta Yala, que está frente a la profe en la primera fila.

—Pena negra —me dice Quique a modo de saludo, en cuanto me siento a su lado.

Se ha puesto en el pupitre pegado a la ventana y me ha dejado el otro, a ver si con esta pequeña distancia cesan las visiones extrañas.

No quiero mirar hacia el reloj ni hacia las ruinas del palacio, pero no puedo evitarlo. Una fuerza poderosa me hace girar la cabeza y mis ojos ya no tienen voluntad ni para cerrarse. Clavo la vista en el reloj de sol, que comienza a brillar en medio de la lluvia. Veo que los colores se van haciendo más claros, como si retrocediese en el tiempo: los números recobran sus trazos nítidos y las letras que aparecen debajo se pueden leer, como si alguien las estuviese escribiendo con impecable caligrafía:

Sol mea contegit

Leo la primera línea, pero no entiendo qué significa ni comprendo por qué me ocurre esto.

Las ruinas del palacio también se iluminan y la luz inunda completamente el aula.

Sé que nadie más ve lo que yo veo y eso me asusta. Temo que vuelva a aparecer la mujer, la duquesa, vestida como Goya la pintó, y me mire de nuevo con ojos tristes. Ahora que conozco su historia, tan terrible, no seré capaz de mantener la calma.

Oigo una voz en mi cabeza, una voz que no viene del aula, sino que sale de entre los cascotes del palacio. No comprendo lo que dice, es solo un murmullo lastimero, como un gatito que maullara. No, no es un gato, es la voz de un niño que llora. Me estremezco aún más, siento que una lágrima resbala por mi mejilla sin que pueda controlarlo.

Veo una sombra blanca, como un espíritu casi transparente, descender corriendo por unas escaleras invisibles para luego volver a subirlas. Parece que buscase algo o a alguien. De pronto, se para. Me mira con unos ojos azules muy claros, su piel es pálida. Siento que se me hiela la sangre. Es una niña, está llorando, y veo que mueve los labios como si me quisiera decir algo, pero no la oigo, solo es un maullido. Lleva un vestido blanco con una banda celeste, unos tirabuzones rubios le caen por los hombros.

—Mamá, mamá.

Ahora sí la oigo, aunque su imagen ha desaparecido de mi vista. El eco de la palabra retumba en mi cabeza cada vez más fuerte. ¿Lo estarán oyendo también en clase? No lo sé, porque solo veo las ruinas y el resplandor que surge del reloj de sol. Únicamente escucho la palabra «mamá» como un lamento inacabable. Quiero arrancármela del pensamiento, pero no puedo siquiera moverme.

Noto una caricia en el brazo izquierdo y, al tiempo, la voz disminuye el volumen y la luz pierde intensidad. Siento como si descendiese en globo hasta mi asiento. Por fin consigo apartar la vista de la ventana y me giro en dirección a la mano que toca mi brazo. Quique me mira, me sonríe y asiente como si comprendiera que acabo de regresar de otro lugar, aunque no me haya movido de su lado.

El timbre del cambio de clase me sorprende, pensaba que solo habían trascurrido unos minutos, pero el tiempo ha volado al otro lado de la ventana.

—¡Vaya clase! —suelta Quique—. ¡Qué desastre!

No me he enterado de nada, aunque no me atrevo a decírselo, para mí tampoco ha sido una hora divertida. Y, lo peor de todo, no sé cómo solucionarlo. Me muero de pensar que siempre vaya a ser así, todas las horas de todos los días de todo el curso. No podré soportarlo.

Entonces observo a mis compañeros de clase y el ambiente también es desolador. Yala y Lucía están llorando, las monas se miran serias con los brazos cruzados y Prieto da puñetazos contra la pared.

—He visto a una niña que lloraba llamando a su madre —le confieso a mi amigo—. ¿Por qué veo cosas que nadie ve? No quiero que me pase esto. Tengo miedo.

Me tapo la cara con las manos y me echo a llorar. Sé que no soy la única, todo el mundo anda triste o, más bien, desesperado. Así que nadie se reirá de mí, ni siquiera Prieto, que bastante tiene con dejarse los nudillos contra la pared desconchada.

—Hay algo ahí enfrente —dice Quique—. Tenemos que averiguar qué es. Lo arreglaremos, te lo prometo.

Sé que es una promesa absurda, pero me la creo, quiero creérmela. Al menos, sé que no estoy sola en esto y no comprendo cómo es posible que él me crea. ¿Estaré loca y él estará tan loco como yo?

—¿No imaginas quién puede ser esa niña? —pregunta.

Niego con la cabeza, aún no he sido capaz de dejar de llorar.

—Tengo una ligera sospecha —me dice—. Luego, en tu casa, lo comprobaré.

El resto de la mañana ha sido más tranquilo, al menos para mí, porque mis compañeros no han dejado de protestar, pelearse y poner malas caras a todo. Nunca había estado en un grupo así y estoy segura de que lo que me está pasando tiene que ver con el mal rollo que hay. Ellos no ven lo que yo veo, pero parecen sentir la misma pena que llega arrastrándose desde las ruinas hasta instalarse en el aula.

La compañía de Quique me ha tranquilizado y el contacto de su mano en mi brazo me ha mantenido en la clase, como un ancla capaz de sostenerme y evitar que las visiones me transportasen lejos.

En casa, durante la comida, papá y él no han dejado de hablar mientras yo daba vueltas al tenedor. Este mal rollo me está quitando el apetito.

Ahora Quique se ha sentado en mi silla ante el ordenador, quiere comprobar la sospecha que me ha dicho antes. No me fijo en lo que teclea, pero en unos segundos pone un retrato ante mí.

—Es esta la niña que has visto, ¿verdad?

La reconozco enseguida, un escalofrío como una descarga eléctrica me recorre la espalda. Ya son demasiadas veces, demasiados sobresaltos.

No necesito hablar para que Quique entienda que ha acertado.

—Es la hija de la duquesa, se llamaba Carlota. Es la niña a la que su madre abandonó para huir de su marido —me explica—. Está buscando a su madre entre las ruinas del palacio…

—¿Por qué me crees? —salto de pronto—. ¿No piensas que estoy chiflada o que te tomo el pelo? Sería lo más normal. ¿Quién iba a admitir que veo fantasmas por la ventana de la clase? Yo, desde luego, no creería a nadie que me contase una idiotez así. ¿Eres tú quien se está burlando de mí?

Lo suelto de golpe y la ansiedad me sube hasta la garganta. Me gustaría vomitarlo todo: el miedo, la inseguridad, la tristeza y la angustia de pensar que me estoy volviendo loca. Tal vez estoy siendo injusta con la única persona que quiere y puede ayudarme, pero las dudas también forman parte de esta intranquilidad.

—A mí tampoco me creyeron —dice en voz baja.

PRISIONEROS DE LO INVISIBLE

No acabo de comprender el significado de sus palabras, aunque intuyo que hay un secreto detrás. Se queda callado, como si no se atreviese a continuar; ahora quien desconfía es él.

—¿Quiénes no te creyeron? ¿Qué te pasó?

—Fue hace mucho tiempo, en la casa del campo de mis abuelos.

Noto que duda, no se atreve a contar y me parece mentira, después de lo que sabe de mí. El miedo es tan irracional que nos hace desconfiar de lo evidente. Nadie mejor que yo para escuchar lo que le ocurrió en casa de sus abuelos, pero el temor no le deja reconocerlo. Tomo su mano, convencida de que, en ese momento, el contacto físico vale más que mil palabras y es el mejor antídoto contra el pánico. Su mano está tensa, crispada, pero el roce con la mía va haciendo que se relaje. Le acaricio los dedos con suavidad y él se deja hacer. Sonríe con la mirada más que con los labios y, por fin, habla:

—Fue una noche de verano. Solíamos pasar unos días con los abuelos en aquel caserón lleno de estancias vacías: cuadras para caballos que ya no había, corrales sin gallinas, graneros sin trigo y hasta una bodega repleta de barriles sin vino, con muchas telarañas. También había habitaciones sin muebles y otras llenas de trastos. En uno de esos dormitorios, en los que hacía siglos que no dormía nadie, me tocó pasar la noche a mí.

—No parece un sitio muy agradable —comento.

—Yo era muy miedoso. Aún lo soy, aunque me dé vergüenza decirlo.

—¿Miedoso tú? ¡Si creo que no he conocido a nadie de nuestra edad que sea tan valiente!

—No te burles. La verdad es que todo me asusta y en aquella casa había bastantes motivos.

—No me gustaría tener que dormir sola en una casa como esa.

—En realidad, la habitación de mis padres estaba justo al lado y la puerta se quedaba abierta por la noche. Como no paraba de jugar en la calle todo el día, solía caer rendido de sueño y no me daba tiempo a pasar miedo. Hasta que una noche me desperté. Noté que algo se movía a los pies de la cama y pensé que sería Pirracas, el gato de la vecina, que siempre se colaba en nuestra casa porque mi madre le daba cosas ricas de comer. Pero no era él. Me incorporé en la cama y vi sentada junto a mí a una anciana que lloraba bajito. Iba vestida de negro y llevaba un pañuelo del mismo color anudado al cuello. Me asusté tanto que, al principio, no pude ni gritar. ¿Por dónde habría entrado aquella mujer que no conocía de nada? Hasta que me di cuenta de que su cuerpo no era un cuerpo sólido. Aunque yo notaba su peso en la cama, sus contornos eran borrosos y se desdibujaban. Ya no era miedo, era terror lo que sentía. De pronto, se volvió hacia mí y me miró. «Es mi casa», le escuché decir. Solo entonces reaccioné, me puse a gritar a lo bestia y salté de la cama. Salí corriendo y en un segundo me metí en la de mis padres. Ellos intentaron convencerme de que se trataba de una pesadilla, pero yo me negué a dormir solo en esa habitación.

Su confesión me produce alivio, aunque más bien debería provocarme extrañeza o temor. ¿Cómo es posible que veamos lo que no existe? ¿Qué nos pasa? ¿Es real lo que percibimos o compartimos un trastorno mental? ¿Somos prisioneros de lo invisible?

—¿Quién era? ¿Llegaste a saberlo?

—Me daba miedo enterarme, pero, al mismo tiempo, necesitaba confirmar que mi visión tenía un sentido. Podía ser una alucinación, entonces aquella aparición no tendría nada que ver conmigo ni con la casa y podía ser una simple pesadilla, aunque me pareciese real. Decidí investigar y me puse a preguntar quién había vivido allí antes de mis abuelos. Me hablaron de varias generaciones de López que habitaron la finca. Pedí fotos y me dieron una caja de hojalata oxidada, llena hasta arriba. Me divertí mucho viéndolas, estaban desordenadas y las primeras que aparecieron eran mías de pequeño, chapoteando en una piscina de plástico que me ponían en el corral. Después, las de mi padre de joven en las fiestas del pueblo, acompañado por chicos y chicas que yo no conocía. Luego, mi padre y sus hermanos subidos en un carro, posando junto a la casa o sentados a la mesa en alguna fiesta familiar. Se me había olvidado el motivo de mi búsqueda cuando la encontré.

Los mismos ojos que había visto a los pies de mi cama, me miraban desde una foto en blanco y negro. Tiré la foto al suelo, me daba miedo hasta tocarla. Lo guardé todo y no quise seguir mirando más. La cogí de una esquina, como si fuese a morderme, y la metí en el cajón que encontré más cerca. Tardé varios días en reunir el valor suficiente para sacarla de allí y preguntarle a mi abuelo quién era aquella anciana vestida de negro. Me contestó que era su madre, mi bisabuela, que se llamaba María y que había nacido en esa casa. Quise saber más, pero no parecía muy dispuesto a hablar. Recurrí a mi abuela, que seguramente tendría menos que ocultar. Fui directo al grano y le pregunté por qué el abuelo no me quería contar nada de su madre y enseguida me di cuenta de que ahí estaba la clave.

—Había algo triste que tu abuelo no te quiso revelar —deduzco.

—Tuve que sacar otra vez la foto del cajón y ponerme un poco pesado. Le dije a mi abuela que quería saber quiénes habían sido mis antepasados y lo que les había sucedido. Se me ocurrió preguntar si la bisabuela María había muerto en esa casa, temía que me dijese que sí, y que precisamente había sido en esa habitación. La respuesta fue que no, pero había algo más detrás de ese no, tan tranquilizador para mí. Me contó que ella habría deseado morir en su casa, pero que se la tuvieron que llevar a una residencia cuando se mudaron a Madrid. Ella se resistía, lloró mucho cuando se marchó porque presentía que no iba a regresar, como así fue. Cada vez que iban a verla, ella les pedía a sus hijos que la dejaran volver. Murió en la residencia y mi abuelo sentía remordimientos. Por eso se negó a venderla a extraños y se la compró a sus hermanos, para que siguiese siendo de alguna manera la casa de su madre. Pero, en ese momento, mis padres los estaban convenciendo para que la vendiesen. «La he visto», le dije a mi abuela, «estaba llorando». Ella me miró muy seria y yo le expliqué que se me había aparecido la bisabuela María por la noche en mi habitación. Me miró como si me hubiese vuelto loco y se lo contó a mi padre. Me regañó. «No te inventes cosas», me decía. «Solo fue una pesadilla». No quiso volver a oír hablar del tema. Sin embargo, mi madre se mostró más comprensiva y me dijo que, si no quería, no dormiría solo en ese cuarto nunca más.

—¿Se te volvió a aparecer? —Me interesa saberlo todo.

—Una vez más. Mis padres acabaron instalando una cama plegable en su dormitorio para que no les diese la noche. Mi padre pensaba que eran tonterías de niño asustadizo, pero mi madre no me soltó la mano en toda la noche.

—No quiero pensar lo que dirían mis padres si les contase que veo fantasmas por la ventana de la clase.

—No son fantasmas. No vemos fantasmas, ellos no están ahí —asegura—. Murieron hace mucho tiempo.

—Entonces, ¿qué vemos? ¿Qué son?

—Nunca podremos saberlo con seguridad. Una de las noches que dormía en la habitación de mis padres volví a ver a mi bisabuela. La puerta estaba abierta y la vi pasar. No se sentó a los pies de mi cama, sino que paseó de un lado a otro del pasillo acariciando las paredes con los dedos. De nuevo escuché su voz: «Es mi casa», repetía. Esa vez no me dio tanto miedo porque no se dirigió a mí, no me miró, y yo estaba aferrado a la mano de mamá. No grité ni desperté a mis padres. Tampoco les dije nada por la mañana, habría sido inútil. No había vuelto a hablar de ello con nadie, hasta ahora.

—No me extraña —suspiro—. Si me lo llegas a contar hace una semana, yo también te habría tomado por loco. Y no debemos de ser los únicos, estoy convencida. Seguro que hay más gente que ve cosas que no son y no se sienten capaces de contarlo. Somos prisioneros de lo invisible.

—No son espectros —insiste—. Son imágenes atrapadas en el tiempo. Restos del pasado que solo unos pocos podemos ver. Pienso que quizá quede algo de las personas que ya no están en los lugares por los que pasaron. No de una forma fantasmal, sino más bien… no sé cómo expresarlo.

—Algo tienen en común tu abuela y las apariciones que yo he tenido. Las tres lloraban, estaban tristes, se lamentaban de algo.

—De algo que ya no podemos solucionar: mi abuela murió lejos de su casa, la duquesa vivió una vida triste y su hija apenas conoció a su madre.

—¿Quieres decir que no se nos aparecen para pedirnos ayuda? —deduzco.

—Eso mismo. No son espectros que vagan por el mundo porque dejaron algo a medias —pone una voz tétrica—. Son imágenes de gente que sufrió, atrapadas en el tiempo.

—¿Por qué nosotros? —me pregunto en voz alta.

—Eso es un misterio sin respuesta. ¿Por qué no nosotros?

—Me niego a vivir así el resto de mi vida —digo con rabia—. Algo habrá que hacer.

—El sufrimiento debería tener la misma fuerza que la felicidad para manifestarse, pero parece que no es así.

—Será que la tristeza es contagiosa —comento.

—Eso es lo que pasa, estoy convencido. Cuando en el ambiente se respira mal rollo, el portal de dolor se abre y las imágenes aparecen.

—¿El portal de dolor? —pregunto, no entiendo qué quiere decir con eso.

—En casa de mis abuelos había mal rollo: unos querían vender la finca y otros no. Eso abrió un portal temporal por el que se escapó la imagen de mi bisabuela lamentándose de que tenía que abandonar el lugar donde había vivido siempre.

—¿Hablas en serio? —Lo que cuenta me parece tan extraño como la duda de si existen o no los fantasmas.

—En tu caso es el ambiente de la clase. Somos un grupo horroroso: nos llevamos mal, apenas nos conocemos, y lo que pasa en la ciudad, en el país y en el mundo entero da para pocas alegrías —dice, con razón—. Añade a eso que, desde la ventana, solo se ve un edificio en ruinas y tendrás la mezcla perfecta para que se abra un portal de dolor.

Siento que sus palabras tienen sentido, aunque parezca absurdo lo que cuenta. Un sentido oculto que solo él y yo podemos entender.

—¿Seguiré viendo imágenes del pasado? ¿Seguiré prisionera de lo invisible? —me pregunto en voz alta.

La idea, más que miedo, me provoca angustia: un mareo agudo que me oprime la cabeza y el estómago.

—Solo se me ocurre algo que podemos intentar. Habrá que localizar el portal de dolor y cerrarlo. Tiene que haber un lugar físico por donde se escapan las imágenes del pasado.

Le miro atónita, realmente no sé qué pensar. Él interpreta mi gesto y mi silencio.

—Crees que estoy loco, ¿verdad?

—Más loca estoy yo, que tengo visiones en clase. Soy la menos indicada para pensarlo. Me parece raro lo que dices, pero soy capaz de cualquier cosa con tal de librarme de los fantasmas...

—No son fantasmas —insiste—. Así que no hay nada que temer.

Intenta tranquilizarme y no imagina cuánto se lo agradezco. Me coge la mano y la aprieta, como hoy en clase.

No sé qué va a pasar, pero presiento que de su mano todo será más llevadero. Los prisioneros de lo invisible necesitamos un ancla que nos amarre a la realidad e impida que nos arrastre la corriente de la locura.

La mano de Quique será la mía.

¡FUERA DE AQUÍ!

Tenemos que encontrar el portal y Quique se ha empeñado en que busquemos dentro del instituto, en la parte más antigua. El edificio conserva un patio del siglo XVII, aunque la zona nueva, donde están nuestras clases, no tendrá más de 50 años.

—Si aparecen imágenes de la duquesa de Sueca y su hija, que vivieron hace más de doscientos años, deben de surgir de la zona vieja —dice convencido.

Hemos quedado en el patio, es un claustro de granito con arcos, rematados por águilas de dos cabezas. Dicen que es uno de los pocos claustros barrocos que hay en la ciudad, pero casi nadie lo conoce porque está dentro del instituto.

Atardece y no hay un alma: los alumnos del turno de tarde estarán en sus aulas y los de la mañana hace horas que desaparecimos de aquí. Hay poca luz, pero el lugar no me transmite sensaciones inquietantes.

Oigo chirriar una puerta a mis espaldas y me sobresalto. Me giro y veo salir de la biblioteca a Elisa, la hermana de Carmen. Algo se remueve dentro de mí cuando me doy cuenta de que Julio va con ella.

La coge por el brazo y le habla al oído. Una oleada de envidia me sube hasta los ojos. No quiero llorar. Me fijo en Elisa, no tiene buena cara. Si Julio se me acercase de esa manera, mi cara reluciría de felicidad.

—¿Te pasa algo? —la voz de Quique me hace regresar a la cruel realidad.

—Nada, nada. —Intento disimular, pero compruebo que él también ha visto lo mismo que yo.

No sé si sabrá lo que siento por Julio, no es posible que lo sepa, aunque a veces las miradas hablan y mi forma de mirar a Julio debe de hablar a gritos.

—No me cae bien ese tío —dice—. Es un creído, ¿no te parece?

—Sí, me lo parece. —Es la verdad.

Julio es un creído, pero no puedo evitar que me guste a rabiar. Es ilógico. ¿Se habrá dado cuenta Quique? Por un momento pienso que quizá sea envidia lo que él siente, igual que yo al ver a Julio con Elisa.

—No creo que el portal esté aquí —suelta convencido—. En este patio, a la hora del recreo, no hay mal rollo. Hay risas y hasta hay quien juega al fútbol a pesar de que los profes lo han prohibido para que no nos carguemos las piedras del siglo XVII.

—Es verdad —asiento—. Habrá que buscar en otro sitio.

Oigo el chirrido de otra puerta, esta vez no es la de la biblioteca. Frente a mí, la puerta del museo aparece entreabierta.

—Ven, vamos —le digo—. Como eres nuevo, no conocerás el museo del San Isidro.

Le explico que tenemos un museo que refleja la historia de nuestro centro, el más antiguo de la ciudad, que ha sido lugar de estudio desde hace más de cuatrocientos años.

—Un día me asomé, pero solo vi un poco de la planta de abajo —me cuenta—. Me interesa.

Nos acercamos a la puerta. Está entreabierta, pero dentro no hay luz.

—¡Qué raro! Debería haber alguien aquí haciendo de guía.

Quique ignora mis palabras y entra, apenas se ven sombras en medio de la negrura. Busco un interruptor y aprieto, pero no se enciende ni una bombilla.

—Mejor nos vamos —digo un poco asustada.

Si el portal está aquí, no quiero encontrarme con la imagen de nadie muerto en esta oscuridad.

—¡Es genial! —exclama—. Hay pupitres de hace mil años.

—No creo que de tantos años. —Me tiembla la voz.

—Es una forma de hablar.

Los ojos se van acostumbrando a la oscuridad y veo ante mí la escalera imponente, en torno a la cual aparecen las vitrinas con los objetos del museo.

El silencio es mayor que en el patio y percibo una extraña sensación de tiempo detenido. Quiero salir antes de que pase algo, antes de que vea descender a alguien que ya no existe por esas escaleras. Pero Quique empieza a subir y yo le sigo como hipnotizada. No quiero mirar hacia arriba y clavo los ojos en sus pies, que ascienden un peldaño, otro…

—¡Mira! —exclama—. Es espeluznante.

Levanto la vista sin querer y cientos de ojos de vidrio se clavan en mi retina. Agarro su brazo y lanzo un grito ahogado.

—No son más que bichos disecados —me dice con tono burlón—. Llevan siglos muertos.

—Eso es lo que me da miedo —respondo.

No suelto su brazo mientras noto que me observan todos los animales convertidos en objetos inmóviles: la cigüeña, el cocodrilo, el murciélago enorme y repugnante, el engendro de cabra de seis patas y los sapos encerrados en frascos flotando en un líquido amarillento. De pensar que alguno se mueva, aunque sea un milímetro, me muero de miedo.

Seguimos subiendo por la escalera, que me parece infinita, y diviso entre la penumbra la imagen de un hombre desollado, sin piel. Es el modelo anatómico, ya lo he visto antes, en otras visitas al museo, pero con la oscuridad todo resulta diferente. Además, la vez anterior no temí que se me apareciesen las imágenes invisibles de seres del pasado.

Ascendemos despacio, no soltaré su brazo por nada del mundo. Se detiene en el tercer escalón, no sé por qué los voy contando.

—¡Vámonos, por favor! —le pido.

No me escucha y, por curiosidad, abre un armario alto y estrecho que hay pegado a la pared. Sé lo que se va a encontrar dentro y se va a llevar un buen susto.

—¡Ah! —grita.

El esqueleto ha aparecido ante él y se balancea burlón. Yo misma me habría echado a reír en otras circunstancias, pero ahora no hay nada que me haga gracia.

De pronto, se enciende la luz. Alguien está entrando al museo. Nos asomamos por el hueco de la escalera y vemos un grupo de adultos. La voz de Rafa, el jefe de estudios, destaca sobre las demás y se oye como un eco que asciende peldaño a peldaño.

Iluminado, todo se ve diferente: los bichos disecados solo aparentan lo que son y el esqueleto da más risa que miedo.

—Tenemos que escondernos —me susurra Quique al oído.

Miramos a nuestro alrededor, pero no hay ninguna posibilidad de pasar desapercibidos. Las estanterías no son lo suficientemente grandes como para ocultarnos tras ellas.

Veo una puerta al fondo de la segunda planta, al lado de la vitrina de la cabra monstruosa. Hago un gesto a mi amigo y nos lanzamos hacia ella, no sé por qué pero aseguraría que no está cerrada con llave.

Empujamos la puerta y una bocanada de aire húmedo nos recibe. Quique se queda parado unos segundos, como si le diese miedo entrar. Tiro de él hacia dentro y cierro de golpe. Temo que el ruido se haya oído en el museo.

Ahora la oscuridad es mayor. Permanecemos quietos, inmóviles, pegados a la puerta.

—¿Qué es este sitio? —La voz de Quique tiembla.

Miro alrededor, un haz de luz raquítico desciende desde una ventana rota, en la parte superior. Lo suficiente para iluminar una habitación de techos altísimos y paredes desconchadas, poblada de bultos que la vista aún no me permite reconocer. Sin soltarnos de la mano caminamos despacio en dirección a la zona iluminada. Tropiezo con algo que me hace trastabillar; no me caigo porque Quique me sujeta. Parece un trozo de madera. Mi amigo le da una patada y lo acerca a la luz:

—Es la pata de una silla —dice.

El suelo está sucio y lleno de polvo, igual que las paredes. La vista se va acostumbrando a la oscuridad y distingo algunas telarañas en el vano de la puerta por la que hemos entrado.

—Es un almacén de trastos. Mira, eso es un pupitre viejo —señala hacia la derecha—. Y aquello parece una silla de las que hay en las iglesias para que se siente el cura.

—Así eran las sillas de los profes hace mucho. Las he visto en las fotos que hay en el museo —le digo—. Todo esto debe de llevar años aquí guardado.

Me doy cuenta de que son vestigios del pasado, como los restos patéticos de un naufragio. Son también huellas de algo que ya no existe, recuerdos de un lugar que no es el mismo, porque ya no lo habita la misma gente. ¿Seguirán presentes las imágenes de quienes ocuparon esos pupitres, paseando por esta habitación espeluznante? La pregunta me hiela la sangre.

Al fondo del trastero descubrimos una pizarra partida por la mitad, apoyada en la pared. Hay otra ventana en el techo que ilumina directamente la negrura de la pizarra, creo entrever que hay algo escrito. Los dos lo vemos porque Quique acelera el paso en esa dirección. No sé si quiero leerlo. No quiero leerlo, pero es demasiado tarde:

¡Fuera de aquí!

Alguien ha escrito esa frase para nosotros con una caligrafía meticulosa, tal vez alguien invisible que ya no existe. Quiero gritar, pero no puedo. Sin soltarnos, salimos corriendo hacia la puerta; el corazón me late tan fuerte que me parece que retumba en las paredes del siniestro trastero.

La letra grande y picuda se ha quedado grabada en mi retina. No sé qué hacemos aquí, solo ocultarnos de los vivos. Lo terrible es que Quique y yo sabemos que hay realidades de las que jamás podremos escondernos y quizá se encuentren entre las paredes de este lugar inmundo.

Nos pegamos a la puerta y escuchamos con claridad la voz de Rafa que habla con el grupo que le acompaña. Ahora no podemos salir.

—Esta es la escalera original del instituto —le oímos decir—. Por ella subían los alumnos, hasta que se hizo la reforma en los años 70 del siglo XX, entonces quedó inutilizada. Fue la escalera principal durante varios siglos.

Deduzco que el lugar donde nos hallamos sería un aula hace cien años. Espero que fuese una clase con buen rollo, no como la nuestra. De cualquier manera, estoy deseando salir de aquí.

Escuchamos los pasos que ascienden hacia el piso superior, donde se encuentra el modelo anatómico. Miro a Quique y me comprende sin palabras. Este puede ser el momento de escapar. Abre una rendija de la puerta y se asoma.

—Están arriba, es mejor que salgamos ahora —me susurra al oído.

Así lo hacemos, de puntillas para no hacer ruido, como los gatos. Parece que no nos han visto salir. Estoy deseando huir del museo y corro escaleras abajo, sé que mis pasos resuenan peligrosamente. Al llegar a la planta baja miro hacia arriba y veo a Rafa asomado al hueco de la escalera en la planta superior. Nos ha descubierto, pero no nos quedamos a darle explicaciones.

—Hoy no quiero seguir buscando portales —digo a Quique—. Creo que ya hemos tenido bastante.

—Tienes razón. Yo tampoco sé muy bien adónde queremos llegar.

—¿Quién habrá escrito esa frase en la pizarra? —me pregunto en voz alta.

—Mejor que no lo sepamos nunca —dice entre dientes.

Fuera, ya es de noche y la oscuridad envuelve las piedras del claustro; ahora sí me parece un sitio inquietante, pero no quiero dejarme vencer por el miedo. De día no es más que el patio del recreo, ¿por qué las tinieblas transforman así las cosas y las convierten en amenazadoras? Olvido que soy capaz de ver lo que no existe, prisionera de lo invisible, incluso a plena luz del día.

VOCES ATRAPADAS EN EL TIEMPO

Esta mañana he procurado no cruzarme con el jefe de estudios. He visto que subía delante y me he quedado parada en el descansillo. Prieto me ha empujado de malas maneras, como siempre, pero me he limitado a mirarle de forma inexpresiva. Si demuestro rabia o enfado será peor. Los días que falta a clase es un alivio para todos, sería bueno que hiciese pellas de lunes a viernes.

Me he cruzado con Carmen y me ha saludado con una sonrisa, nada más; ni siquiera se ha acercado a preguntar qué tal me va la vida. No sé de qué me quejo, yo tampoco estoy demasiado simpática con ella. Antes quedábamos todas las tardes y yo hace tiempo que no se lo pido: ando encerrada en mi propio mundo fantasmal. La vida me va fatal y no sé cómo arreglarlo.

Aunque en casa todo va bien: papá va superando lo de estar en paro, mamá tiene trabajo a pesar de que no le gusta mucho y llega agotada por las noches, y yo he encontrado a un amigo genial que antes no tenía. Me quedaré con lo bueno.

Lo malo empieza cuando entro en clase, ahí no puedo evitar que la tristeza me invada aunque Quique se siente a mi lado. Siempre llega antes que yo. Le pediré que vayamos juntos por las mañanas, así lograré ser tan puntual como él y el trayecto en compañía se me hará más llevadero.

Compruebo que hoy nada ha cambiado en la clase: la misma penumbra, las mismas caras largas, idéntica suciedad en los cristales. Me desanimo: habrá más visiones que no podré evitar.

No sé si me habrá sentado mal el desayuno, pero noto que me mareo un poco. Prefiero no decir nada: pasar desapercibido es la regla de oro para sobrevivir en la jungla. Apoyo la cabeza entre las manos y Quique me susurra algo al oído, habrá notado que no me encuentro bien.

«Mamá, mamá», escucho dentro de mi cabeza.

Esta vez no es una voz, son muchas, como un coro de gatos maullando. No es la hija de la duquesa quien grita ahora, pero tampoco quiero saber quiénes son los niños que llaman a sus madres, porque son niños, lo sé. No quiero mirar, pero los veo, aunque afuera esté oscuro y yo me empeñe en cerrar los ojos. Son un grupo de chavales, vestidos con unas túnicas oscuras, que corretean entre los escombros. Llevan libros en las manos y parecen perdidos, como si quisieran escapar de allí, como si esa no fuese su casa.

El miedo se ha convertido en algo físico, en una angustia que casi no me deja respirar. Creo que me voy a desmayar.

Abro los ojos y veo la mirada asustada de Quique, a lo lejos oigo jaleo, risas. La profe se acerca, aparta a todos de mi lado y pide calma. Intento incorporarme, pero no puedo. Busco la mano de mi amigo, no pienso soltarla.

Cierro los ojos y solo oigo ruidos, cada vez más lejos.

No sé dónde estoy. Me incorporo de golpe y reconozco el lugar: es el despacho de jefatura, estoy a salvo. Quique está a mi lado y Rafa me mira preocupado.

—Vamos a llamar a una ambulancia —me dice.

Me encuentro bien, como si nada me hubiese pasado, solo noto el susto y el estómago vacío, pero es lo habitual a esas horas cuando se ha desayunado poco.

—No hace falta —digo—. Estoy perfectamente.

No se lo cree, deduzco por la cara que pone.

—Te has desmayado, no puedes estar así en clase.

—Pues me voy a casa —suelto a ver si cuela.

—¿Hay alguien? —me pregunta—. Tampoco conviene que te quedes allí sola.

Recuerdo que antes de salir mi padre me dijo que no iba a estar en toda la mañana, no sé bien por qué motivo, ni siquiera me paré a escucharle.

Niego con la cabeza.

—En la mía, sí —oigo decir a Quique—. Mi madre puede venir a buscarla, vivo aquí al lado, y ella es enfermera, aunque está en paro.

—Vamos a llamarla.

Se acerca a la mesa donde está el teléfono, pero, antes de cogerlo, se detiene.

—¿Qué hacíais ayer vosotros escondidos en el museo?

Nos lanza la pregunta que mi amigo y yo temíamos desde ayer. No se me ocurre qué responder.

—Vimos la puerta entreabierta y nos metimos. —Quique reacciona antes y contesta por los dos, siento alivio—. Como soy nuevo, no lo conocía y ella se ofreció a enseñármelo. No funcionaba la luz, pero fui yo quien se empeñó en seguir adelante.

—¿Dónde os escondisteis cuando llegué yo con el grupo? —insiste Rafa—. No os vi por ninguna parte y no hay muchos sitios allí para ocultarse. A no ser que…

Nos mira muy serio, no sé si será mejor confesar que callar. Me decido a no dejar solo a mi amigo y hablo por los dos:

—Había una puerta abierta y nos metimos.

—¡El trastero! —exclama—. No debisteis entrar, no es un sitio recomendable… Es peligroso. Está lleno de muebles rotos, os podíais haber hecho daño. La cerradura está estropeada y aún no he tenido tiempo de decir que vengan a arreglarla, hay cosas más urgentes que hacer en este instituto —suspira—, como llamar a tu madre ahora mismo. Vamos, dime el número.

Yo también podía haber llamado a mi padre, pero no le quiero alarmar. Me limito a mandarle un mensaje diciéndole que me avise cuando esté en casa. Necesito salir del instituto y respirar. Rafa manda a mi amigo a clase y él se despide con una sonrisa forzada. Se ve que está preocupado.

—Luego hablamos —me dice antes de salir por la puerta.

Rafa me acompaña hasta la conserjería. Ha hablado con la madre de Quique y vendrá enseguida a buscarme. Se me hace raro esperar a alguien que no conozco.

Pasamos por el claustro, me sorprende que sea ya la hora del recreo. Está lleno de chavales gritando y corriendo, ajenos a todo, felices. El ambiente festivo contrasta con las sensaciones inquietantes que nos asaltan dentro de la clase. A punto estamos de tropezar con dos chicos que se persiguen entre los arcos. Distingo entre el jaleo a gente de mi clase, ni siquiera me miran, no me han visto. Mucho mejor.

En la entrada hay una mujer menuda, como una muñequita rubia, con ojos azules y cabello largo y dorado. Me reconoce y yo a ella, aunque sea la primera vez que nos vemos. Quique y su madre son iguales, excepto en el color: ella en blanco y él en moreno. Sus rasgos son muy semejantes, los oscuros y penetrantes ojos de Quique son igualmente intensos, pero de color azul, en el rostro de su madre.

Me da dos besos y me sonríe. Lo primero que me sale es pedirle disculpas por la molestia.

—¡Hija! No tienes por qué disculparte. Yo tengo mucho que agradecerte… agradeceros, a ti y a tu padre por invitar a comer a mi hijo estos días. Es lo menos que podía hacer.

Me agarra por el hombro y me dejo llevar. Salir del instituto me alivia, aunque sé que no es la solución y que mañana tendré que volver sin remedio. Pero ahora me siento bien, esta mujer me transmite la paz que necesito.

—¿Sabes que tu padre y yo éramos amigos? Hace mucho que no nos vemos. ¿Qué tal le va?

—Bien, aunque ahora está en paro.

—Ya —suspira—, como yo. Ya te habrá contado mi hijo.

—Papá dice que no se puede quejar porque nos tiene a nosotras y mi madre trabaja —digo para quitarle dramatismo al asunto.

—Tiene razón. En nuestro caso, tenemos a mi madre que nos ha acogido en su casa y mi marido ha encontrado algo, aunque tenga que estar lejos de nosotros. No debemos dejarnos vencer por el desánimo.

Siento que la última frase la ha dicho para mí y me reconforta. El móvil vibra en mi bolsillo, seguramente será un mensaje de papá. Me decido a llamarlo. Será mejor que venga a buscarme a casa de Quique.

La casa de la abuela de mi amigo es viejísima y conserva los mismos muebles de hace un siglo.

La anciana está en su habitación, aún no se puede levantar, y me acerco a saludarla. Su hija la trata con mucho cariño, se nota que hay afecto en esta casa y a mí también me lo transmiten.

Charo me ausculta, me toma la tensión y la temperatura, parece que todo está bien.

—Habrá sido una bajada de azúcar si has desayunado poco. ¿Quieres comer algo ahora?

Le digo que prefiero esperar a llegar a casa, que lo único que tengo es cansancio.

—¿Por qué no te tumbas un rato en el sofá hasta que llegue tu padre?

Me parece buena idea, aún estoy mareada, y me amodorro entre los cojines. Charo me tapa con una mantita.

Me despierta la voz de papá, pero me cuesta abrir los ojos, le oigo hablar con Charo en voz baja, es un murmullo tranquilizador.

—No es nada, le he tomado la tensión. Tendrás que vigilar que desayune mejor.

—Hoy me he ido antes que ella, habrá salido de casa sin comer nada.

—¡Cuánto tiempo hace! —dice Charo con otro tono distinto del que ha usado hasta ahora para hablar de mí.

—Mucho —suspira papá—, pero hay cosas que no se olvidan. Yo he seguido preguntando a tu madre…

—Lo sé, ella también me contaba de ti.

Aguzo el oído, no quiero perderme ni una frase de lo que dicen. ¿Qué será lo que recuerda papá relacionado con la madre de mi amigo? Me inquieta.

—Me alegro de que hayas vuelto al barrio —dice mi padre.

—Ha sido a la fuerza, pero mejor volver aquí que quedarse tirados en la calle.

—Aquí siempre vas a encontrar a gente que te quiere.

¿Se referirá a sí mismo? La respuesta me alarma. No sé si deseo seguir escuchando esta conversación, me incorporo de golpe y los dejo con la palabra en la boca. Papá me mira con una expresión extraña, se ha puesto rojo, como si le hubiese pillado haciendo una travesura.

—Hija, ¿qué tal estás? —Se acerca y me abraza.

Le digo que no es nada y que me lleve a casa. Necesito una sopa que me reconforte y él las hace mejor que nadie.

—Ya me ha dicho mi hijo que eres un buen cocinero —comenta ella.

—El día que quieras venir, tú también estás invitada.

Tiro de la manga de su chaqueta en dirección a la puerta, espero que ella no acepte la invitación, aunque no sé qué temo. Se despiden muy efusivamente y se agradecen mutuamente la atención hacia sus hijos.

Aún no hemos llegado al portal cuando mi padre me suelta:

—¿A que es guapa Charo?

Prefiero no contestar.

EL PALACIO EN RUINAS

Me he encerrado en mi cuarto, oigo a papá trastear en la cocina y silbar una canción de los Beatles. Me ponen nerviosa los silbidos, no lo puedo remediar, y a él se le olvida siempre. Me calzo los auriculares para escuchar lo que me apetece y enciendo el ordenador. Quiero leer con calma el documento sobre el palacio que Rafa me pasó hace unos días, sé que encontraré a los niños que se me han aparecido esta mañana. Estaban en ese mismo lugar hace siglos y su imagen sigue atrapada en el tiempo para que yo la vea, a mi pesar.

El informe es de una asociación en defensa del patrimonio. Denuncian que el palacio de la duquesa de Sueca está abandonado a su suerte y lo han declarado en ruinas. Lo grave es que la declaración de ruina inminente es un cheque en blanco que, según dicen, se puede utilizar de manera abusiva. El Ayuntamiento tiene potestad para derribar el edificio, se pretendería así evitar que pudiera causar daños personales por encontrarse en mal estado.

Por lo que leo, al Ayuntamiento le interesa que se caiga. Luego, en el solar se hacen pisos, y asunto resuelto. Sería una lástima que ocurriese, se trata de un edificio lleno de historia.

En el inmueble no solo vivió la pobre duquesa, leo que también fue un colegio. Allá por 1837 se convirtió en el Colegio de Humanidades fundado por un tal Francisco Serra.

Descubro que había doce colegiales internos. Pienso en esos chavales allí metidos, lejos de sus padres, y me viene la visión de esta mañana. Seguro que eran ellos, que echaban de menos a sus madres y las llamaban por los pasillos y las escaleras del colegio. Tienen que ser ellos. No los he contado, pero aquí dice que su número se limitaba a doce «para que pudieran ser asistidos con el esmero que desearía el padre más amante de sus hijos». Deduzco que no debía de ser así, la imagen de aquellos doce chavales añorando su casa se ha quedado atrapada en el tiempo.

Observo un dibujo de la época: representa el patio del recreo de los niños y se parece a una de las fotos que hemos visto día del interior del palacio, ese patio sigue existiendo aunque ahora solo sea una ruina.

Oigo golpes de pronto, me sobresalto y me quito los auriculares: alguien aporrea la puerta:

—¡Peny! —Es la voz de Quique.

Abro y me encuentro a los dos plantados ahí, con cara de susto:

—Estaba a punto de echar la puerta abajo —dice mi padre—. Como no abrías…

—Lo siento —me disculpo—. Tenía los auriculares puestos.

—Pues sí que está preocupado tu padre contigo —comenta Quique cuando nos quedamos solos.

—Está algo neurótico, no se ha movido de casa en todo el día, no quiere dejarme sola por si me vuelvo a marear.

—¿Y has vuelto a marearte?

—No, estoy perfectamente.

—Me ha hecho gracia, tu padre iba silbando la canción de *Penny Lane* por el pasillo.

—Le encanta silbar y yo lo odio —confieso—. El otro día le pregunté por esa canción y me llevé un chasco. Resulta que Penny Lane es el nombre de una calle.

—Ya, pero la canción dice cosas que están muy bien. Tú eres mi Penny Lane. *Penny Lane is in my ears and in my eyes. There beneath the blue suburban skies*[1].

Se ha acercado hasta casi tocarme y me canta despacio al oído. Su voz suena prodigiosa, nunca he escuchado a un chico cantar así, o será que la canción va dirigida a mí y me parece música celestial. Nadie me había dicho que estoy en sus ojos y en sus oídos. Él también está en mis ojos y en mis oídos, aunque no me había dado cuenta hasta ahora.

Me da corte mirarle, no sé qué decir y me temo que él tampoco. Espero que no se arrepienta, quiero volver a oír esa canción en mi oído otra vez.

—He leído parte del informe sobre el palacio que me mandó Rafa. —Cambio de conversación, espero no estar colorada como un tomate—. Hubo un internado en ese

---

[1] *Penny Lane está en mis ojos y en mis oídos. / Allí, bajo los azules cielos de los barrios de la periferia.*

mismo sitio, hace casi doscientos años. En mis alucinaciones, hoy he oído a los niños, corrían por las ruinas del edificio llamando a sus madres.

—Por eso te has mareado. No me extraña.

—No lo he podido evitar, las visiones me producen una angustia horrible.

—Encontraremos el portal por donde salen y lo cerraremos, entonces se habrá acabado todo. Te lo prometo.

—¿Y cómo lo haremos? ¿Y si estoy loca y solo veo visiones?

—No digas eso, lo estaríamos los dos. Además, lo que ves existió en la realidad, no solo en tu imaginación. La duquesa, su hija, estos niños del internado... todos sufrieron en el palacio y han dejado allí su huella.

—¿Cómo borrar esas malditas huellas?

—Eso es lo que tenemos que descubrir. Te iba a proponer otro paseo nocturno por el instituto, aunque después del susto de ayer no creo que te apetezca. Solo un paseo por el claustro, nada de entrar en el museo, y mucho menos de colarse en ese maldito trastero.

La idea me atrae, será que llevo demasiadas horas metida en casa y necesito tomar el aire. Me pongo el abrigo y salimos de mi cuarto.

Papá ha saltado como un resorte al oír la puerta y ahora está plantado en medio del pasillo, delante de nosotros.

—¿Adónde crees que vas? —me suelta.

—A dar un paseo, necesito tomar el aire.

—De eso nada —dice enfadado.

—Papá, es solo un rato. Quique me acompaña, no me va a pasar nada —aseguro—. ¡Déjame en paz de una vez!

Paso por delante de él, le aparto de mi camino con un ligero empujón.

Me mira con una mezcla de sorpresa y disgusto, no suelo hablarle así. Temo que me grite y que montemos un espectáculo delante de mi amigo.

—Ya hablaremos luego —dice con voz de hielo—. Te quiero aquí en quince minutos.

Veo que él tampoco desea discutir delante de Quique, pero a la vuelta me espera una charla, estoy segura.

En la calle hace frío y ha empezado a lloviznar, nos subimos las capuchas y aceleramos el paso hacia el San Isidro. Siento un leve escalofrío, este otoño está siendo demasiado lluvioso, demasiado oscuro.

—¿Tienes frío? —Mi amigo ha notado que tiemblo.

Me agarra por el hombro, igual que hizo su madre esta mañana, y acerca su cuerpo al mío. Percibo su calor y una sonrisa me sube a los labios.

Bajo los arcos del claustro, la lluvia suena amplificada: las gotas rebotan en el suelo de granito y las gárgolas metálicas vomitan agua a chorros.

Paseamos escuchando y contemplando el espectáculo de la lluvia, que no me resulta amenazante, sino más bien tranquilizador.

—Hay muchas puertas en este claustro —observa Quique—, pero algunas de ellas no sabemos adónde llevan.

A la izquierda del museo hay un par de ellas, de madera oscura y viejísimas. Intentamos abrirlas, pero están cerradas a cal y canto.

Oímos ruido que viene del museo, y vemos salir a un chico y una chica. Son del insti, a él lo conozco de vista, debe de estar en primero de Bachillerato. No se dan cuenta de que estamos por allí, en este instituto los pequeños somos seres invisibles para los mayores.

Pasamos por delante de la biblioteca, que aún está abierta. Alguien sale a la carrera. Es Elisa, la hermana de Carmen. Debe de estudiar en la *biblio* porque el otro día también la vi salir de allí, aunque acompañada por Julio. Hoy no hay ni rastro de él, mejor. Se cruza con nosotros y levanta la vista. Tiene muy mala cara, la saludo y ella no me contesta, solo me mira y su mirada me hiela la sangre.

—Esa chica tiene la misma cara que tú esta mañana, también estará mareada —oigo decir a Quique.

Entonces, una sospecha me asalta. Quizá no sea un mareo lo que tiene Elisa. ¿Y si su cara es como la mía porque le pasa lo mismo que a mí? ¿Será ella también una prisionera de lo invisible?

—Ahí dentro hay algo —digo.

—¿En la biblioteca? Vamos a entrar —propone.

Me quedo parada en la puerta, no sé si quiero aventurarme en un lugar que puede provocarme visiones. Quique tira de la manga de mi abrigo y de pronto me veo dentro.

Hace frío, más frío que fuera, y es extraño.

—Quiero salir. —Casi no me sale la voz.

Hay un olor raro, como a incienso, y la luz es mortecina, inadecuada para una biblioteca. No me gusta estar aquí, percibo algo oscuro y no quiero más visiones.

—Está cerrado. —Una voz grave me sobresalta.

Es Felipe, el bibliotecario, que nos mira con cara de pocos amigos.

—Tenéis que iros ya —insiste.

Me alegra que nos invite a marcharnos, no habría aguantado un minuto más.

—Esa chica es una pesada —nos cuenta refiriéndose a Elisa—. No hay manera de echarla, se queda todos los días hasta las tantas ahí tirada en el suelo del pasillo del fondo. ¡Vaya tarde que llevo! Ha venido un grupo de chavales de segundo que se ha pasado todo el rato riéndose y gastándose bromas. No podía hacerlos callar. Mañana se lo diré al jefe de estudios, les he cogido los nombres.

Nos despedimos de Felipe y salimos de nuevo al claustro. Siento alivio y hasta noto algo de calor.

—Aquí no es —asegura Quique tajante.

Prefiero no contarle las sensaciones que he percibido: el frío, la oscuridad, el olor a incienso. Mejor no volver a pisar nunca más la biblioteca.

—¿Por qué estás tan seguro? —le pregunto.

—¿Has oído lo que ha dicho Felipe? Esta tarde ha habido gente de risas y bromas en la biblioteca. No puede haber un portal de dolor o estarían tan tristes como nosotros en clase.

Me callo lo que pienso y prefiero no recordar la cara de Elisa. Quizá tenga razón, pero no voy a regresar otro día para confirmarlo.

—Estoy seguro de que no es en el instituto donde debemos buscar —me dice convencido—. El portal está en el palacio, por eso nos afecta tanto a nosotros, que lo tenemos enfrente. Hay que buscar la manera de colarse ahí.

La idea me sobrecoge. No quiero entrar en ese sitio pero, a la vez, sé que puede ser la única posibilidad de cambiar las cosas. La única forma de que desaparezcan las visiones que me tienen prisionera.

Una imagen me viene a la memoria, un dibujo que he visto hace menos de una hora en la pantalla del ordenador: el patio de un colegio. No es de este claustro de donde surgen las sombras, es del patio que tenía el Colegio de Humanidades en 1837, y que aún existe, aunque convertido en una ruina.

¿Quién desearía visitar un lugar semejante?

UN CHICO DISTINTO

Quique me acompaña a casa y nos encontramos en el portal a mamá, que llega de trabajar. Aún no conoce a mi amigo y se lo presento, me ha oído hablar mucho de él y sé que tenía curiosidad.

—Me extraña verte por la calle —me dice, al tiempo que me acaricia la cara—. Papá me ha dicho que te has mareado esta mañana en clase y que ha tenido que ir a buscarte.

Quiero explicarle que no ha sido exactamente así, que quien ha ido a buscarme ha sido Charo y que ya estoy bien, pero Quique irrumpe en la conversación para despedirse de nosotras y mamá me abraza para comprobar que no tengo fiebre.

En casa, papá nos recibe de desigual manera: a ella con una sonrisa y un beso y a mí ni me mira. Mi madre, que sabe interpretar más allá de lo que decimos, se mosquea al instante.

—¿Qué os pasa? —le pregunta.

—Tu hija, que ha salido de casa estando mal y me ha contestado —gruñe mi padre.

Ella nos mira sorprendida, sabe que nos llevamos bien y este incidente es extraño entre nosotros. En el fondo sé que papá lleva razón, me he pasado un poco con la contestación, pero odio que me controle de esa manera: desde que está en paro vigila cada uno de mis movimientos y me hace sentir pequeña y ridícula. Le insisto en que ya no soy una niña, pero parece olvidarlo cada día. Mamá tercia entre ambos y me obliga a pedirle disculpas y a darle un abrazo. Lo hacemos, pero sé que los dos guardamos aún rencor: él se siente herido por mi contestación y yo pienso que tuve mis razones para hablarle así. Me consuela saber que se nos pasará rápido.

Llevo un rato tumbada en la cama leyendo, aunque no me estoy enterando demasiado porque tengo la cabeza en otro sitio. Ha sido un día intenso: la visión en clase, el desmayo, la madre de Quique, la discusión con papá, las sensaciones extrañas en la biblioteca.

Tampoco tengo sueño, llevo parte del día dormitando y ahora estoy espabilada.

Suena el móvil, me extraña porque es algo tarde. Es Carmen y eso me alegra.

—Me han dicho que te has desmayado en clase esta mañana —me dice con voz preocupada—. ¿Qué tal estás?

—Bien, no ha sido nada, falta de azúcar. Había desayunado poco. —Intento quitarle importancia.

—¡Vaya susto! Te habrás ido luego a casa, ¿no?

—Papá no estaba y me ha recogido la madre de Quique.

—¡Toma, ya! Así que has estado en casa de tu amigo. Mañana mismo, en el primer cambio de clase me lo tienes que presentar.

Me incomoda la propuesta. Será porque Carmen es más guapa y más divertida que yo. No sé qué temo, Quique es mi amigo: nada más... y nada menos.

—Mi hermana también anda algo mal de salud —me dice—. Esta tarde ha vuelto fatal del instituto...

—La he visto salir de la biblioteca —salto yo—. Llevaba muy mala cara.

—Ya, me está haciendo un trabajo sobre Lope que nos ha mandado el profe de Lengua: ya sabes que a mí se me da fatal la Literatura y ella, que es un sol, lo está haciendo por mí.

—¡Vaya chollo que tienes con Elisa!

—Ya lo sé. Cuando acaba de estudiar, en vez de quedar con su novio se va a la biblioteca.

—¿Su novio?

De pronto, me acuerdo de Julio; los vi salir juntos hace unos días. Se me pone un nudo en la garganta de pensar que estén juntos. Elisa no es tan guapa como Carmen, pero tiene la misma edad que Julio, quien jamás se fijaría en una cría como yo.

—Está saliendo con Afro, desde principio de curso. A mi padre le ha sentado fatal.

Respiro aliviada. Afro es un chico negro de cuarto, creo que se llama Ricardo y que está repitiendo. Todo el insti le conoce. Dibuja muy bien y varias veces ha ganado el premio de ilustración que convoca el departamento de Plástica. Parece un tío majo. Creo que ahora me cae mejor aún.

Antes de despedirnos quedamos en vernos mañana. No sé si realmente le apetece quedar conmigo o es solo curiosidad, para que le presente a mi amigo. Si fuese lo primero me alegraría mucho. Me vendría bien recuperar la complicidad que teníamos antes y esa amistad sincera que nos hacía inseparables.

Pienso en Julio y en qué podría hacer para que se fijase en mí. Tengo una foto suya pegada en el tablón de corcho de mi cuarto, enfrente de la cama. Nos la hicimos hace unos años, cuando yo llegué al instituto y nos pusimos a hacernos fotos en el claustro uno de los primeros días. Él, que conocía a Carmen, vino a saludarnos y se quiso hacer una foto con nosotras. Me pareció tan guapo, tan mayor y tan simpático que me enamoré de él ese mismo día. Menuda estupidez. Luego me dediqué a espiarle en los recreos y por los pasillos, unas veces con disimulo y otras descaradamente. Creo que lo sabe; menos mal que, por lo menos, no se ríe de mí.

—¿Qué tal te encuentras? —me pregunta mamá desde la puerta.

—Ya te he dicho que estoy bien —protesto—. No os preocupéis más.

Entra y se sienta en la cama, a mi lado. Vendrá a echarme la charla, pero yo preferiría unos cuantos mimos.

—Es normal que nos preocupemos, ¿no crees? Tu padre está dolido, tienes que comprenderle: su mundo eres tú.

—Lo sé —suspiro—. Pero no entiende que ya no soy una niña pequeña.

—¡Ay, hija! Eso creo que no vamos a entenderlo nunca; él, menos que yo.

Me abrazo a su cintura y ella me acaricia el pelo; podría dormirme así, protegida por el afecto que me transmiten sus manos.

—¿Te gusta ese chico? —me pregunta de pronto.

No me lo esperaba, por un momento pienso que se refiere a Julio, pero es evidente que habla de Quique.

—No —digo con rotundidad—. Somos solo amigos.

—¿Estás segura? —insiste.

¿Qué habrá notado con esa capacidad suya de percibir los sentimientos de la gente cercana? Quizá mi madre también posee unos poderes especiales: si yo veo lo invisible, ella sabe lo que no se cuenta.

—Es un chico distinto, no es como el resto de la clase. Me escucha, me acompaña, me comprende, me cree —confieso—. Me ha ayudado mucho, ya sabes que no me gusta nada el grupo que me ha tocado este año. Pero ahora está él, y todo es distinto.

—¿Y dices que no te gusta? —añade, riendo.

Tiene razón, nunca diría algo así de Julio. Julio no me escucha, ni me acompaña, ni me comprende, ni me creería si le contase que veo visiones. Me tomaría por una loca peligrosa o se burlaría de mí.

—Quizá sí me guste un poco —me rindo.

—Pues que descanses y sueñes con él —me dice a modo de buenas noches.

Me deja sola en la habitación y ya me siento mucho más tranquila. Será una buena idea pensar en él, en vez de en Julio. Seguro que así tengo felices sueños.

EL PORTAL DE DOLOR

El día ha empezado complicado. Antes de entrar en clase, Prieto me ha recibido a su estilo: burlándose de mí.

—¡Vaya con la Pene, que da pena! ¿Qué te pasó ayer? ¿Ibas fumada? ¡La flipada esta! Será que no se come en tu casa.

Un coro de risas ha acompañado a sus palabras. Las monas, los pasotas y otros que también reciben sus burlas le siguen la gracia. Hoy me ha tocado a mí. No he dicho nada, ni siquiera me han dado ganas de llorar, como otras veces. Es peor la sensación al entrar en clase, por eso estaban todos fuera, y siempre le toca al profesor que llega meternos en el aula casi a empujones.

Dentro volvía a hacer frío, parece que ya nos hemos resignado porque nadie protesta y nos limitamos a venir bien abrigados y dejarnos la chaqueta puesta.

Quique me esperaba, sentado junto a la ventana. Suele entrar en clase el primero y así se evita las burlas de fuera, peores para él que el frío de dentro. Para mí, no. Para mí lo peor es sentarme y esperar que algo ocurra. He empezado a marearme, como ayer. He pensado que no iba a poder soportarlo, que me volvería loca de verdad.

—*Penny Lane is in my ears and in my eyes. There beneath the blue suburban skies* —ha cantado Quique en mi oído.

He respirado hondo y la angustia se me ha escapado con el aire, por la nariz, milagrosamente. Ya no me daba vueltas la cabeza, la clase parecía menos oscura y más cálida. ¿Será que esa canción es una especie de conjuro mágico contra los espectros? Le he dado las gracias sin decir una palabra, ya nos basta con mirarnos para comprendernos.

No he tenido visiones en toda la mañana y es un gran alivio. En el recreo hemos estado con Carmen. Le he presentado por fin a Quique y se han caído bien, eso es importante. Me he quedado tranquila porque mi amigo no ha demostrado un mayor interés. Si alguien le gusta, soy yo. De eso estoy segura.

Hemos quedado en el claustro a las siete de la tarde, Quique estará al llegar. Ahora, sentada bajo los arcos, viendo caer la noche, temo que me asalten las visiones antes de que él aparezca.

Se ha empeñado en que busquemos un sitio por donde colarnos en el palacio de la duquesa y yo solo puedo seguirle. Me da miedo meterme en la boca del lobo, pero él asegura que es la única manera de librarme de las visiones.

—¿Estás preparada? —me pregunta a modo de saludo.

No lo estoy, pero evito decírselo. Tomo la mano que me tiende y caminamos hacia el patio de la capilla.

Está oscuro, a estas horas nadie suele pasar por aquí, la cafetería está cerrada y los alumnos del turno de tarde hacen el recreo fuera del instituto. Una valla metálica bastante alta nos separa de las ruinas del palacio.

—Es imposible saltarla —le digo, como si no fuese evidente.

—Pues habrá que buscar otra forma.

Examinamos la valla con detenimiento. Quique la zarandea, buscando algún punto débil, pero apenas se mueve. Hemos llegado casi al extremo, junto al patio de las pistas de fútbol, y sigue pareciendo la muralla china. Sin embargo, hay algo que nos sorprende, algo que no estaba así por la mañana. Una pared del palacio se ha derrumbado, habrá sido después de salir de clase, y ha caído sobre una parte de la valla hasta conseguir torcerla. Quique empuja con fuerza y temo que los cascotes se precipiten sobre nuestras cabezas. Caen un par de ladrillos a mis pies, pero compruebo que el esfuerzo de mi amigo ha dejado un hueco libre, suficiente para permitirnos entrar por él.

—Hemos tenido suerte, se habrá caído esta misma tarde y mañana vendrán a arreglarlo. Podemos pasar.

No quiero entrar, pero él me coge de la mano y pasa delante de mí, sin soltarme. Caminamos sobre un montón de escombros, está muy oscuro y solo se divisa al fondo una escalera semiderruida, imposible subir por ella. Es un lugar peligroso, no deberíamos haber entrado aquí.

De pronto, percibo un resplandor extraño, como una luz azulada, que viene de la zona superior derecha. Cierro los ojos, me estremezco, sé lo que hay ahí arriba, en la pared, y no quiero mirar. También sé que será inútil. El reloj de sol me está llamando y alumbra una noche sin luna ni estrellas con una luminosidad espectral.

—Hay una puerta —oigo decir a Quique como si su voz me llegase desde muy lejos.

Tira de mí y me aleja de la sombra del reloj; de pronto, estamos en un pasillo estrecho y lúgubre, en el piso bajo. Al fondo se ve una luz plateada, como la de una linterna. Atravesar este pasillo se me hace interminable, la madera cruje sobre nuestras cabezas, el techo amenaza con desplomarse.

Salimos del túnel y llegamos a un espacio abierto que nos sobrecoge. Es el patio central, el mismo que vimos en fotos el otro día, el mismo del grabado del Colegio de Humanidades, donde los niños corrían hace casi trescientos años.

El patio, iluminado por la escasa luz que procede de la calle, presenta un aspecto desolador: ventanas desvencijadas, puertas rotas, paredes sucias y llenas de grietas, el suelo levantado y sembrado de plantas mustias, tejas partidas y trozos de cristales por todas partes.

Hay un silencio espeso y extraño. Se debería oír el ruido de los coches que circulan por la calle Duque de Alba, al menos un murmullo lejano, pero no se escuchan ni siquiera nuestros pasos. Caminamos despacio, para no tropezar, hacia el centro del patio. De pronto, empiezo a percibir un sonido, es una especie de eco, como si alguien se lamentara con un tono de voz muy grave. Parece que las piedras lloran.

—¿Oyes eso? —me pregunta Quique.

El sonido va subiendo de volumen. Es un quejido espeluznante, que suena como si saliera del fondo de un pozo.

—Es aquí —susurra con voz temblorosa.

En el centro del patio, la luz se ha hecho más potente. Veo llamas azuladas que ascienden, dibujando formas borrosas. El miedo me atenaza y me impide moverme, pero la tristeza es más fuerte que el pavor y siento que se pega a mi piel como una pasta pegajosa. Las ganas de llorar son infinitas y me desgarran de tal manera que me falta el aire.

Las llamas comienzan a tomar forma y se convierten en imágenes nítidas. Tiemblo porque las reconozco: son los niños que lloraban llamando a su madre, es la duquesa delirando por el patio del palacio, es su hija Carlota buscándola inútilmente. Aparecen ante mí otras imágenes que no reconozco, gente que también dejó su huella de dolor en aquel lugar. No quiero seguir viendo esto y me tapo los ojos con las manos; pero el lamento, cada vez más alto y más claro, no cesa.

—Veo unas luces ahí, en el centro. —La voz de Quique se mezcla con los quejidos de los muertos.

—Canta —se me ocurre de pronto—. Canta *Penny Lane* y sácame de aquí.

Me mira y lo que ve le debe de asustar porque empieza a tatarear la canción mientras le caen unos lagrimones enormes. No dejamos de mirarnos, la canción me tranquiliza y el eco lastimero se oye cada vez más lejano.

El centro del patio parece un imán que nos atrae con perverso poder. Tenemos que hacer un esfuerzo para caminar en dirección contraria, hacia el pasillo oscuro, para huir del portal. Quique sigue cantando y parece que la melodía nos empuja fuera.

Alcanzamos el pasillo con dificultad, ahora es un agujero oscuro sin luz al final, como si no llevase a ninguna parte. Siento que las sombras nos persiguen y pienso que si mirásemos a nuestra espalda nos encontraríamos con ellas. No se acaba nunca, y cada paso cuesta un enorme esfuerzo. Pero conforme avanzamos, la atracción va disminuyendo y por fin podemos acelerar. De pronto, nos vemos fuera y el alivio es enorme. Siento como si hubiese corrido una maratón, perseguida por espectros. Casi no puedo respirar del esfuerzo. Nos sentamos en el suelo lleno de cascotes, jadeantes.

—¿Qué hay ahí dentro? —me pregunto en voz alta.

El nudo en la garganta se deshace y empiezo a llorar sin consuelo. Quique me abraza y me acaricia el cabello. Me tranquilizo aunque no puedo parar de llorar.

—Es el portal de dolor —dice con lágrimas en los ojos él también—. Lo hemos encontrado.

—Y ahora, ¿qué? —le digo—. No pienso volver a entrar ahí nunca más.

—No lo haremos solos.

—Quiero irme a casa —le ruego.

Salimos con más dificultad, será que el agotamiento nos impide poner el pie donde corresponde y me caigo de rodillas. Me he clavado algo punzante, quizá un trozo de ladrillo o un cristal. Noto que la sangre cae por mi pierna, pero no me quejo, el dolor es menos perceptible que el miedo y la tristeza.

Alcanzamos el patio donde los sonidos cotidianos, el rumor del tráfico y las voces lejanas de la gente me parecen una melodía tranquilizadora.

Huimos fuera del instituto y nos recibe el trasiego habitual de la calle Toledo. Por la acera, la gente pasea tranquila, me dan envidia, y el ruido de los autobuses me suena a música celestial. Miro al cielo y compruebo que unas tímidas estrellas pugnan por brillar entre las farolas y las nubes.

Quique me acompaña a casa, silencioso. A ninguno nos salen las palabras, después de la experiencia vivida.

Noto un dolor agudo en la rodilla, ahora sí, y empiezo a cojear. Hay un banco frente a nosotros y voy hacia él como si fuese la tabla de un náufrago.

—¿Qué te pasa? —dice, preocupado.

—Me he hecho daño en la rodilla.

—Ha sido al caerte cuando salíamos, ¿verdad?

Asiento sin abrir los ojos y nos sentamos en el banco, me vendrá bien descansar un momento de todo este torbellino. Si llego demasiado nerviosa a casa, no podré evitar las preguntas de mi padre. Y no quiero responder a nada. Me atrevo a apoyar la cabeza en el hombro de Quique y me dejo llevar. Me gustaría no hablar más y seguir sentada en este banco, hasta que saliera el sol. Así, con los ojos cerrados, me puedo figurar que somos una pareja de enamorados que regresa a casa después de una tarde feliz. Pero solo somos un par de desgraciados, prisioneros de lo invisible, que no acaban de saber si lo que sienten el uno por el otro es amor o dependencia, si de verdad se quieren o son el miedo y la soledad los que los obligan a estar juntos. ¿Sentirá él lo que yo me figuro? Tiemblo, no sé si de frío o de miedo. Él nota mi escalofrío.

—Te estás quedando helada —dice acariciándome la mano—. ¡Vamos! Te acompaño a casa, tendrás que curarte la herida de la rodilla.

Nos despedimos en el portal con un abrazo cálido que alargaríamos hasta el infinito.

—Descansa y mañana ya hablaremos de todo esto —me dice muy serio—. Ha sido muy fuerte. Te prometo que lo solucionaré. Confía en mí.

«Confío en ti» pienso, pero las palabras no me salen. En su lugar, acerco mis labios a su cara y dejo un beso fugaz que me sabe a poco.

UNA HISTORIA SIN PUNTO FINAL

La herida de la rodilla no acaba de curarse, cada vez está más fea. En casa conté que me había caído en el patio, y no era del todo mentira. Me la curé con agua oxigenada, pero al día siguiente una costra oscura cubría lo que pensé que sería solo un rasguño. De vez en cuando me duele, es como si estuviese dormida y de pronto despertara furiosa. Es un dolor agudo que me impide permanecer de pie y que me asalta cuando menos lo espero.

Hay algo bueno: llevo varios días sin ver visiones en clase, creo que es gracias a que Quique me canta al oído, como si recitase un conjuro contra los espectros, y eso me tranquiliza. En el aula, todo sigue igual de triste, aunque ahora lo que veo son caras de resignación, como si nos hubiésemos rendido ante el dolor.

No hace más que darle vueltas a la manera de cerrar el portal, pero yo no quiero ni oír hablar de volver a ese patio.

—Tendríamos que convencer a más gente, ir allí y...

—¡Estás loco! —le digo—. ¿A quién le vamos contar que veo fantasmas?

La tristeza opresiva de la clase me parece un mal menor y, mientras él siga cantándome al oído, no habrá más apariciones. Me convenzo de que ha regresado la normalidad, aunque en el fondo sé que no es cierto. Es imposible olvidar lo que me ha pasado, lo que aún me pasa.

Estoy encerrada en mi cuarto, intentando estudiar. Cada vez me cuesta más concentrarme. Mi pensamiento vuela lejos de la habitación, que es mi refugio. Pero de nada sirve estar dentro del refugio si te escapas de él con la mente. Pienso en las imágenes atrapadas en el patio del palacio, se han quedado en mi retina y las veo con los ojos cerrados. Me da miedo suponer que puedo volver a contemplarlas con los ojos abiertos.

Empieza a dolerme la rodilla, cada vez más fuerte, y noto un hilo de sangre que cae por la pierna. Me subo el pantalón y compruebo que la herida se ha abierto. Debo limpiarla y corro a encerrarme en el cuarto de baño. Pero no soy demasiado rápida y papá, que espía cada uno de mis movimientos, me sorprende por el pasillo.

—¿Qué te pasa? —me pregunta asustado.

Miro al suelo y compruebo que he dejado un reguero de sangre desde mi habitación a lo largo de las baldosas.

—No es nada, la herida que tengo en la pierna...

No me deja continuar y se empeña en curármela él. Cuando ve el aspecto de la rodilla, se echa las manos a la cabeza.

—Parece infectada y tiene mala pinta. ¿Por qué no me has dicho antes que tenías la herida así? —suelta, enfadado—. Será mejor que te vea Charo. Es enfermera. Ella sabrá cómo curar esto —dice convencido—. Vamos, ponte el abrigo.

Estoy segura de que es una excusa para verla y eso me irrita aún más. Quiero rebelarme, decirle que ya está bien de disimular. Si mamá supiera…

—¡No me da la gana! —grito descontrolada.

Me mira muy serio y me dice que le obedezca, ha elevado el tono de voz tanto que seguro que le están oyendo los vecinos. Permanezco inmóvil, sentada sobre el taburete del baño. No pienso moverme de allí y se lo digo.

—Peny, por favor —me ruega—. Hazme caso. Yo no puedo curarte bien y ella sí.

Se le iluminan los ojos. Ya no es enfado, es preocupación de verdad, y no me atrevo a seguir gritándole.

—Díselo a mamá —le pido—. Cuéntale que vamos a casa de Charo. ¿Por qué no le contaste el otro día que fue ella quien me recogió en el instituto? ¿Por qué no le dijiste que la conoces y que te parece muy guapa?

Baja la cabeza, no quiere mirarme a los ojos.

—Es un asunto personal —musita—, pero no tengo nada que ocultaros.

Pretende parecer convincente, pero no le creo. No sé qué me pasa con él, cada vez le siento más lejos. Antes era distinto o seré yo quien ha cambiado.

Papá llama por teléfono a mamá y yo a Quique para que le pregunte a su madre si me puede atender. Nos esperan con el botiquín preparado. Hay algo que me asusta, y no es que me vaya a hacer daño al curarme, es algo mucho menos concreto. Ignoro qué relación secreta sigue existiendo entre Charo y mi padre. Estoy segura de que la hay, y este convencimiento me duele tanto como la herida de la rodilla.

De camino a casa de Quique no decimos ni media palabra, cada uno va rumiando su rencor hacia el otro.

Como sospechaba, la madre de mi amigo nos recibe encantada, se alegra de vernos, más bien de ver a mi padre. Noto cómo su cara se transforma, cómo le mira.

Charo me cura sin hacerme daño. Tiene unas manos delicadas y sabe lo que hace. Le doy las gracias, a mi pesar.

—Vuelve mañana y veré si ha mejorado —me dice.

Todos sonríen: mi padre ante la idea de ver de nuevo a aquella muñequita rubia; ella, convencida de que regresaremos, y Quique, cómplice involuntario de aquel despropósito.

No quiero seguir más tiempo en esta casa y apremio a papá para que nos larguemos. Pensarán que me duele la herida, no que son sus gestos los que me hacen hervir por dentro. Papá se despide efusivamente y yo no digo ni adiós.

—No creo que haga falta que molestemos más veces —gruño cuando llegamos a la calle.

—No molestamos —asegura mi padre sin poder reprimir una sonrisa bobalicona de satisfacción—. Ella lo hace encantada. Y tú podías haber sido más amable.

—¿Qué os traéis entre manos? —suelto enfadada, ya no puedo seguir disimulando.

Me mira sorprendido, como si no entendiese mis suspicacias.

—No sé qué quieres insinuar. Charo y yo somos amigos desde hace muchos años...

—Hay algo más. Lo sé, ¿no me lo vas a contar?

La expresión de su rostro cambia y se vuelve crispada.

—No —responde sin mirarme.

El monosílabo es mucho más que una simple negación. Intuyo un secreto personal, una historia sin punto final que surge de las cenizas del tiempo. Quizá ellos dos se amaron y no lo han olvidado. Pienso en mamá y me dan ganas de llorar. ¿Seremos capaces de disimular ante ella lo que está ocurriendo?

PREGUNTAS SIN RESPUESTA

Cuando mi madre llegó a casa, agotada, no fui capaz de contarle mis sospechas y papá anduvo más serio y silencioso que de costumbre.

—¿Te pasa algo? —le preguntó después de cenar.

Él contestó muy serio, con el mismo monosílabo que a mí un rato antes. Papá me miró y me pareció que lo hacía con un aire levemente amenazador, como si quisiera advertirme contra la tentación de hablar de más. Opté por callar y esconderme en mi cuarto en cuanto pude.

He dormido mal, a cada rato me despertaba sobresaltada, pero no he logrado recordar qué estaba soñando. Me he levantado algo tarde; he cogido el sueño una hora antes de que sonara el despertador y he pasado de él. Me he vestido deprisa y al salir de la habitación me ha sorprendido el silencio de la casa desierta. Mamá se había ido ya a trabajar y no había ni rastro de mi padre. La puerta del dormitorio estaba cerrada y me he asomado para comprobar que papá roncaba tumbado boca arriba. Es la primera vez que no desayunamos juntos este curso. Quizá no ha querido enfrentarse a mis preguntas y se ha escondido entre las sábanas, para no responder, para no mirarme a los ojos.

Al bajar al portal me ha sorprendido la presencia de Quique, que me esperaba sonriente, apoyado en la fachada.

—¿Qué tal la herida? —ha preguntado a modo de saludo—. Mi madre me ha dicho que no te olvides de pasarte esta tarde...

—No entiendo tanto interés —le he interrumpido con tono airado. Me ha mirado extrañado, como si de pronto no me reconociese—. ¿No será mi padre quien de verdad le interesa? —he soltado sin pensar.

No he reconocido su mirada: sus ojos destilaban una luz oscura de perplejidad, de desengaño. Sin decir media palabra ha huido de mí en dirección al San Isidro. Cuando he llegado a clase, el asiento junto a la ventana se encontraba vacío. Quique se ha refugiado en la última esquina del aula, se ha sentado al lado de uno de los ruidosos que siempre le ríe las gracias a Prieto.

Si él me abandona, estoy perdida.

Ahora, sola junto a la ventana, tengo miedo de verdad. Un pavor total e inevitable. He sido una idiota alejándole de mí. Nunca podré enfrentarme sola a lo invisible. Si Quique no canta en mi oído, los espectros regresarán. La culpa es de la madre de Quique, de papá y sus secretos inconfesables.

¿Y si no quiere volver a hablarme?

El reloj de sol se ilumina de golpe, como si esperase este momento mío de debilidad. La certeza de que ocurrirá lo que no deseo me provoca un escalofrío incontrolable.

Intento apartar la mirada sin lograrlo, quiero cerrar los ojos pero ya es tarde. Veo deslizarse una sombra entre las ruinas, como un bulto negro perdido en un laberinto. Se me acelera el corazón: los perfiles borrosos se vuelven cada vez más nítidos y distingo la imagen de una anciana desgreñada.

Lleva una linterna en la mano y parece moverse con dificultad como si avanzase entre las tinieblas. La oigo quejarse, sus lamentos suenan dentro de mi cabeza:

—No hay luz, no hay agua, pero no me echarán de aquí. Yo nací en esta casa. No soy una okupa. Solo quedo yo… y los gatos. También las ratas me acosan. Desde hace treinta años, solo yo.

Es imposible que esa anciana siga viviendo en el palacio en ruinas. ¿Será real lo que veo esta vez o se tratará de otra alucinación? La mujer me da miedo, con el cabello revuelto y la boca desdentada.

—Me he hecho daño en un pie —me dice.

La veo cojear entre los escombros, temo que se caiga y se rompa la cabeza. Pero sé que ya está muerta y no le importan los ladrillos rotos y puntiagudos. Siento un pinchazo en la rodilla, como si la aparición de la anciana hubiera despertado a la herida de repente.

—Hace frío —dice tiritando.

Yo también noto el frío, que se une al dolor de la rodilla para torturarme aún más.

—Pero tengo mi farolillo y mi linterna —continúa sin dejar de mirarme—. Además, el sol entra en esta casa por las mañanas hasta debajo de la cama. Por eso me gusta tanto. Mi pensión no da para nada. Cada vez salgo menos a la calle. Tengo un transistor, ayer oí que habían detenido en Madrid a Isabelita Perón, nada menos.

El monólogo de la mujer se convierte en un murmullo incomprensible. Es como tener una mosca dentro de la oreja. No quiero oírla, no quiero verla. Aprieto los párpados y me tapo las orejas con las manos. Repito una y otra vez: «No quiero oírla, no quiero verla».

Alguien me toca, me agita con suavidad como si intentara despertarme. Deseo que sea la mano de Quique que venga a sacarme de esta especie de pesadilla continua.

—Te has dormido —escucho una voz femenina.

Abro los ojos y veo a Yala y a Lucía, que me miran con cara de preocupación. La clase de Biología debe de haber acabado y no me he dado cuenta. Miro el reloj, no sé qué ha pasado en esta primera hora. Casi me alivia pensar que solo ha sido un sueño, pero no debo engañarme: sé que no lo ha sido.

—La profe se ha dado cuenta, pero no te ha dicho nada —habla ahora Lucía.

—Prieto no se ha enterado —me informa Yala—. Mejor que no te vuelvas a dormir o…

—O se meterá conmigo y toda la clase se reirá —digo con voz soñolienta—. Ya lo sé.

Me giro hacia el fondo del aula, Quique no está. Habrá huido al pasillo, como casi todos durante el cambio de clase. Le echo tanto de menos y estoy tan asustada que voy a llorar.

—No llores —salta Yala. Habrá visto que los ojos se me desbordan de lágrimas y llorar solo empeorará las cosas.

—Yo también estoy triste —me cuenta Lucía—, pero me aguanto aunque me cueste mucho.

Las dos dirigen la mirada hacia la ventana. Ignoran que es de las ruinas de donde escapa la tristeza que nos envuelve, aunque quizá lo intuyan. Me gustaría convertirlas en mis aliadas, ahora que me he quedado sola, pero, si les cuento lo que me ocurre, las ahuyentaré en lugar de atraerlas a mi lado.

—¿Me acompañáis fuera? —propongo.

Demasiado tarde, miro hacia la puerta y veo que mis compañeros entran en tropel, empujados por la profe de Lengua. Quique regresa a la mesa del fondo y ni me mira.

Tiemblo de miedo y me aparto de la ventana todo lo que puedo. Me ahogo, necesito huir de estas cuatro paredes. Oigo que la profesora nos dice que abramos el libro. Empieza a explicar, su voz suena como un eco lejano.

Un rayo de sol, en medio de un cielo nublado, se pasea por la pared y hace brillar el reloj de sol. No quiero verlo, pero la imagen aparece en mi retina aunque cierre los ojos. Las palabras en latín empiezan a arder, como si surgieran de un incendio. No quiero leerlas, solo deseo salir corriendo, pero las piernas no me responden.

Odio esta ventana, la rabia me invade y se hace fuerte para vencer al miedo. Consigo agarrar el libro con las dos manos y lo lanzo contra el cristal con todas mis fuerzas. Un grito sale de mi garganta y, detrás de él, expulso la angustia que me oprime.

De golpe, regreso a la clase, como si acabase de caerme desde el piso de arriba. Todos me miran sorprendidos y la profe con cara de pocos amigos.

—¿Qué le pasa a la loca esta? —suelta Prieto.

Se oyen risas histéricas que se van contagiando unos a otros. No quiero oírlas y me tapo las orejas con las dos manos.

—¡Fuera de clase! —me grita la profe—. Ve a jefatura y cuéntale a Rafa lo que acabas de hacer.

Jamás me habían expulsado. Pensé que sería vergonzoso, pero ahora me siento aliviada. Antes de cerrar la puerta, dirijo la vista hacia el fondo del aula; la mirada de Quique se cruza con la mía y quiero figurarme que ya no hay rencor entre nosotros.

Fuera hay más luz y hace menos frío, hasta el aire parece diferente, menos cargado y más puro. Respiro aliviada, aunque tenga que ir al despacho a explicarle a Rafa este arrebato de ira.

No sé qué excusa voy a poner. Le diré que me empezó a doler la rodilla, que es verdad, y me responderá que eso no es motivo para ponerse a gritar y a lanzar libros contra las ventanas.

El jefe de estudios me recibe sentado en su despacho, donde se afana rodeado de papeles.

—¿Te has vuelto a marear? ¿Llamo a tus padres? —me pregunta.

—No. Me han echado de clase —digo tímidamente.

Rafa parece no creerse lo que le digo. No soy una alumna de las que suelen pasar por allí. Empiezo a contarle lo que ha ocurrido y me invento la excusa de la rodilla. Le digo que está muy infectada y que una enfermera tiene que curármela todas las tardes. Como imaginaba, no le parece motivo suficiente.

—Estás muy rara últimamente —me dice—. Te mareas, estás ojerosa, te dan arrebatos de furia... ¿Tienes algún problema?

—No —digo sin convencimiento.

—Está bien —suspira—, supongo que no quieres contármelo. Espero que esto no vuelva a ocurrir. Sé que estás en un grupo difícil; si alguien se mete contigo, dímelo. Por esta vez, te vas a quedar castigada tres recreos.

—¡En clase no, por favor! —le pido y está claro que él no entiende los motivos—. Hace mucho frío.

—Pues en la sala de estudio, pasaré a ver si estás. Ahora dame la agenda que voy a escribir una nota a tus padres. La traes firmada mañana.

Me alegro de que no me haya mandado a la biblioteca, tampoco me gusta desde que entré con Quique el otro día. Mejor en la sala de estudio, adonde van los castigados. Espero que no manden también a Prieto esta semana, aunque coincidir con él me parece menos peligroso que seguir sentada al lado de esa ventana.

—Quédate ya en la sala, no vuelvas a entrar al aula —me ordena sin saber que, más que un castigo, es un premio.

Salgo del despacho más serena. En la sala de estudio no hay nadie.

Abro la agenda para leer lo que el jefe de estudios ha escrito a mis padres, nunca antes un profesor me había puesto una nota. Miro la letra grande y picuda de Rafa y me doy cuenta de que no es la primera vez que contemplo esa caligrafía, aunque no puedo recordar dónde la he visto antes. Él nunca me ha dado clase; sin embargo, estoy segura de haber leído esa letra en una pizarra.

Un escalofrío sube por mi espalda. Ya sé dónde he visto esa letra y la respuesta añade miedos a mis miedos. Quiero pensar que solo es una coincidencia, que solo es un leve parecido. Es la misma caligrafía que vimos Quique y yo en la pizarra del trastero del museo. La misma con la que alguien escribió «¡Fuera de aquí!». La certeza me desconcierta. ¿Por qué escribiría Rafa la frase en ese lugar? La pregunta abre más interrogantes en mi vida y me faltan todas las respuestas.

SANGRE CONGELADA EN EL TIEMPO

Le he enseñado la nota a papá y se ha limitado a lanzar la agenda sobre la mesa de forma despectiva. Ningún comentario. Si esto hubiese ocurrido hace unas semanas se habría enfadado, me habría echado la charla y me habría obligado a confesarle el porqué del castigo. Hoy no quiere hablar de nada conmigo, por eso ha puesto la televisión mientras comemos, algo que odia pues prefiere que le cuente hasta el último detalle de las horas en el instituto. Se oye el parloteo del presentador de las noticias y el ruido de los cubiertos. Mi cabeza está en otro lugar y me gustaría que mi cuerpo también lo estuviera, aunque no sé exactamente dónde. Lejos de aquí, fuera de casa, a kilómetros del aula de 3.º C y de la maldita ventana. Me pregunto quién sería la anciana que se me ha aparecido hoy, alguien que vivió allí, eso es seguro. Por muy real que me pareciese su imagen, ella ya no existe; lo sé y me produce escalofríos.

—Isabelita Perón. —Recuerdo en voz alta el nombre que pronunció la mujer antes de desaparecer de mi vista.

—¿Qué pasa con Isabelita Perón? —Papá, que está pendiente de mis movimientos, ha escuchado con claridad el nombre.

—¿Sabes quién es? —digo.

—Claro —responde.

Ha recuperado la sonrisa, aunque sea de forma momentánea, estaría ya harto de comer en silencio. Le conozco bien, es optimista y alegre por naturaleza, no soportaría seguir enfadado conmigo durante horas.

—Era la segunda mujer de Perón, presidente de Argentina en los años sesenta del siglo veinte —me explica—. Ella también fue presidenta, después, con la dictadura militar.

—Y la detuvieron en Madrid. —Repito las palabras de la mujer—. ¿Cuándo fue eso? Es para un trabajo de Sociales —improviso.

—No recuerdo cuándo, hará unos diez años. Pero la soltaron pronto porque los delitos habían prescrito. De eso sí me acuerdo.

—Gracias, papá. —Le doy un beso—. Me voy a encerrar para hacer el trabajo. ¿Podrías recoger la mesa tú solo?

Sé que abuso del poder que tengo sobre él, después de una muestra de afecto no es capaz de negarme nada. Asiente con la cabeza y pone cara de resignación con un gesto exagerado para que me ría.

—Pulga, eres una sinvergüenza —suelta en tono de broma.

No tardo en encontrar lo que busco, en pocos segundos la pantalla del ordenador me responde: la anciana que deambulaba entre las ruinas existió.

He encontrado una entrevista que le hicieron en enero de 2007, cuando era la única habitante del palacio en ruinas. Sí, ella fue la última. Carmen Martín resistió sin luz, sin agua y sin calefacción; sola en un edificio de 7 200 metros cuadrados. He encontrado la noticia rebuscando en Internet, la hemeroteca digital sirve para que los acontecimientos pasados no se borren del todo. Unos días antes de la entrevista, detuvieron en Madrid a Isabelita Perón y Carmen Martín lo escuchó en la radio, su única compañía además de los gatos. Por aquellas fechas, la anciana tenía casi noventa años. No es posible que siga viviendo entre esos escombros. Estará muerta, pero en el palacio se ha quedado su huella de mujer abandonada, resistiendo en la casa que la vio nacer y que, probablemente, también la vio morir. «Doña Carmen vive en un palacio sin luz ni agua», dice el titular al que acompaña una foto de la fachada, igual de ruinosa que hoy mismo, casi diez años después. No hay ninguna foto de la mujer, pero yo sé cómo era. Prefiero que sea así, no soportaría ver de nuevo esos ojos mirándome ahora desde la pantalla del ordenador.

Intento estudiar, mañana tengo un examen de Matemáticas, pero me resulta imposible concentrarme. Llaman a la puerta. Será papá empeñado en que meriende algo. Suelto un gruñido para que sepa que no me he dormido estudiando.

—¿Puedo pasar? —oigo que preguntan.

Quique se asoma con timidez tras la puerta entornada, no se atreve a entrar. Se muestra receloso y no le culpo, le he dado motivos.

—Claro. —Intento sonreír y disimular lo avergonzada que estoy. Debería pedirle disculpas, pero no me sale.

—¿Qué tal estás? —me pregunta sin acercarse demasiado.

—Bien —me limito a contestar.

Mira la pantalla y lee el titular de la noticia. Intuye que algo tiene que ver con lo que me ha pasado esta mañana y espera que yo le cuente.

—La he visto —suspiro—. Se me ha aparecido en sueños, porque creo que me he quedado dormida en clase de Ciencias. Es la última persona que habitó el palacio y de eso hace diez años.

Coge una silla, se sienta a mi lado para leer la noticia completa y yo le sigo contando.

—La oí hablar. Decía que estaba sola, sin luz y sin calefacción desde hacía treinta años, y que solo la acompañaban los gatos. Lo mismo que pone en el periódico.

—Tuvo que pasarlo mal —dice sin dejar de mirar la pantalla—. ¿Te imaginas, vivir en medio de esos escombros sin luz? Da miedo.

—¡Más miedo me da a mí que esto me pase todos los días! —suelto mi rabia.

—No te pasa todos los días —replica—, hacía ya tiempo que…

—No me pasaba porque estabas a mi lado, porque me cantabas y así espantabas todas las visiones.

—Hoy has sido tú quien me ha espantado a mí —dice con voz triste.

Es el momento de pedir disculpas, de reconocer mi error, pero no dejo de acordarme de este rollo extraño que se traen mi padre y su madre. Me molesta y no voy a disimularlo.

—No es lo que te imaginas —suelta de pronto.

Sé a qué se refiere, es como si me hubiese leído el pensamiento.

—¡No son imaginaciones! —Intento controlar mi enfado—. Hay algo que ellos dos ocultan, se nota.

—Lo hay —asiente—. Es un secreto que prometieron no contar. No te preocupes, tu madre y tú podéis estar tranquilas. Es algo mucho más serio.

—¿Más serio? ¿Te lo ha contado tu madre? —Los interrogantes se agolpan en mi garganta.

—Vas a flipar cuando te enteres —asegura—. Ella no estaba dispuesta a contarme nada, pero me he puesto muy pesado. Le he dicho que te habías enfadado conmigo porque pensabas que había algo entre ellos dos. Me ha asegurado que siempre fueron buenos amigos, pero que nunca se gustaron porque ella ya le había echado el ojo a papá y Pedro, tu padre, lo sabía. Igual que yo sé lo que te pasa con Julio.

—¿Con Julio? —salto como si me hubiesen pinchado—. ¿Qué crees que me pasa con Julio?

—Que te gusta —asegura convencido—. No hay más que verte la cara cuando te cruzas con él.

Intento protestar, decirle que es mentira, pero ni yo misma sé cuál es la verdad en este momento. No quiero confesarle que quizá sea él quien me gusta porque es algo que no acabo de asimilar, que ni siquiera tengo claro. No suelo ponerme colorada, aunque me parece que he enrojecido hasta las orejas. Estoy tan avergonzada que me he quedado sin palabras.

—Sin embargo —continúa, ajeno a mi confusión—, compartieron algo que jamás le contaron a nadie. Algo que les pasó en el San Isidro cuando eran alumnos como nosotros. No te lo vas a creer. Mi madre no me lo quería confesar, pero he insistido mucho y la he convencido de que necesitaba la verdad para recuperarte. Ella pensaba que tú no ibas a creerte lo que les ocurrió, pero sabía que a mí no me iba a resultar difícil. «¿Te acuerdas de la noche esa en el pueblo en la que te asustaste porque viste a tu bisabuela? A mí me pasó algo parecido», me dijo.

—¿Ella también tuvo visiones? —suelto. No salgo de mi asombro.

—Sí, por eso fue más comprensiva que mi padre cuando se me apareció la bisabuela y me dejó dormir agarrado a su mano. Sabía lo que era pasar miedo por algo que nadie cree. No te imaginas dónde tuvo las visiones. Nada menos que en el patio del San Isidro, en el claustro donde salimos a la hora del recreo y por el que pasamos cada vez que entramos a clase. Me ha contado que un año, a comienzo de curso, había un ambiente raro en el patio: la gente no jugaba, no se reía, no hacían más que pelearse o quedarse encogidos en un rincón. Así estaban también ellos dos. Hasta que un día mi madre empezó a ver cosas raras.

—Imágenes que no existían en la realidad —añado.

—Vio las sombras de unos curas que gritaban y huían. El suelo se llenó de sangre y mi madre se mareó hasta perder el conocimiento. Pensaba que había sido un sueño, pero la visión se repitió varias veces. Mamá le contó a su mejor amigo lo que había soñado y él le confesó que, una mañana de lluvia, al pasar por el claustro, había visto manchas de sangre en el suelo y había escuchado gritos que tampoco existían. Le dio tanto miedo que se volvió a casa y dijo que se encontraba mal.

—¡Papá también! —exclamo.

¿Seremos dos familias de locos? Tal vez este defecto, por llamarlo de alguna manera, sea hereditario. No me gusta pensar en ello como un poder especial, no tiene nada de interesante ni de bueno. Ser prisioneros de lo invisible es más bien una maldición. Quizá haya mucha gente en esta misma ciudad a quien le haya ocurrido lo mismo alguna vez, personas que han tenido visiones que no pueden explicar, que se callan para que no los tomen por chiflados y acaban olvidándolo. Más prisioneros, solos ante el misterio.

—Eso los unió mucho —asegura—. La coincidencia debía de tener una explicación y la buscaron. Preguntaron a varios profesores y consultaron libros sobre la historia del instituto en la biblioteca. Cuando ellos tenían nuestra edad aún no existía Google. Ya ves qué fácil te ha resultado encontrar a la mujer que se te ha aparecido esta mañana.

—¿Y qué encontraron?

—Algo escalofriante. Mucho peor que lo de la duquesa.

—Me estás asustando —confieso—. No sé si quiero saberlo, no podré pasar tranquila por el claustro nunca más.

—Los asesinaron —continúa sin hacer caso a mis palabras—. En 1834 mataron a hachazos a casi todos los sacerdotes del Colegio Imperial. Muchos murieron en ese mismo patio.

Es horrible. Tanto que me tapo los ojos con las manos, como si de esa manera evitara seguir escuchando. Me echo a temblar, sin poder remediarlo.

—No te preocupes. Los curas asesinados no se te van a aparecer —intenta tranquilizarme.

—¿Por qué no? Lo harán, igual que la duquesa y que su hija, que los niños abandonados… —Sollozo sin poderlo impedir.

—No se te van a aparecer porque tu padre y mi madre cerraron el portal —asegura.

Me aferro a sus palabras. Necesito una luz de esperanza que me anime a seguir, a creer que mi problema tiene solución.

—Sabían qué era lo que habían visto, quiénes eran las sombras oscuras que acechaban en el patio, de quién eran la sangre que corría por el suelo y los gritos que se escapaban de entre las piedras. Pero no tenían ni idea de cómo echarlos del claustro y de sus vidas. Se dieron cuenta de que juntos evitaban las visiones. Solo se producían cuando estaban tristes o solos.

—Igual que me pasa a mí. Si tú cantas en mi oído, ellas no aparecen —le confieso.

—No dejaré de hacerlo, ahora estamos unidos en esto. Más que nunca.

Nos miramos a los ojos durante un tiempo que me parece infinito. Quique acerca sus labios a los míos, creo que me va a besar, pero de pronto se detiene, como si hubiese recordado algo, y yo no me atrevo a recorrer el espacio que separa su boca de la mía.

—Un día pasó algo tremendo cuando estaban en el recreo —continúa, mirando hacia otro lado—. Un chaval mayor que ellos, que tenía fama de malote, salió corriendo por el patio con un hueso en la mano. Era un brazo humano del que colgaba una mano esquelética. Se dedicó a asustar a sus compañeros y a reírse. Había empujado una de las puertas de madera que hay en el claustro y allí se había encontrado dos filas de nichos agujereados. Por uno de esos huecos había sacado el hueso. Mamá pensó enseguida en los curas, seguro que aquellas eran las tumbas. Se asomaron a la cripta, pero no llegaron a bajar las escaleras porque llevaban a un agujero oscuro que no querían pisar. Solo unos pocos chavales se enteraron de lo que había pasado. Los profesores cerraron la puerta y se aseguraron de que ningún alumno pudiera volver a abrirla.

—¿Sabes qué puerta es? —le pregunto con curiosidad.

—Es una de madera, muy vieja, que se encuentra al lado del museo. Pero ya no tenemos nada que temer.

—¿Cómo estás tan seguro?

—El director mandó cerrar la puerta, pero además nuestros padres cerraron el portal temporal por donde se escapaban las imágenes dolorosas.

—¡Lo mismo que tenemos que conseguir nosotros! —exclamo—. ¿Qué hicieron?

—Para cerrar el dolor hay que contraatacar con felicidad. Ya sabían de dónde salían las imágenes congeladas en el tiempo, así que se centraron en la puerta de la cripta. Hablaron con sus compañeros de clase y les propusieron un juego. Tenían que contar cosas divertidas: chistes, anécdotas, recuerdos... Lo harían cogidos de las manos delante de la puerta. Quien contase la historia más divertida se llevaría un premio.

—¿Cómo se les ocurrió una idea así?

—Se le ocurrió a tu padre. Mamá me ha contado que él siempre decía que hay que ser optimistas y que él era la persona más alegre que ha conocido jamás.

—Ni el paro ha podido con papá —aseguro.

—Tienes suerte de tener un padre así.

La frase me hace sentir culpable. Es verdad, no puedo imaginar uno mejor, y yo le he tratado fatal los últimos días. ¿Acaso preferiría que estuviese serio y no me hiciese ni caso? Seguramente, no.

—Eso hicieron. Cerraron el portal de dolor con alegría y se dieron cuenta de que la felicidad se iba contagiando al resto de los chicos en el recreo. Dejaron de pelearse y de estar serios, y volvieron a jugar a la pelota, a reírse y a pasarlo bien.

—Como ahora —suspiro.

—Eso mismo, como ahora. El patio sigue limpio de malos rollos. Prometieron que nunca se lo contarían a nadie y mi madre hoy lo ha incumplido. Me ha hecho prometerle que no le diríamos nada a tu padre, no quiere que él sepa que ha traicionado su palabra.

—No le diré nada. No sabes cuánto le agradezco a tu madre que nos lo haya confesado.

—Sobre todo porque ya sabemos cómo librarte de las visiones —asegura—. Está clarísimo.

—¡No pienso volver al palacio! —protesto.

Al decirlo, noto un pinchazo en la herida, me llevo la mano a la rodilla y hago un gesto de dolor.

—¿Quieres que vayamos ahora a mi casa para que mi madre te cure?

Asiento con la cabeza y le doy las gracias. Hoy solo quiero que se me pase el dolor. Ya pensaré mañana en las consecuencias de todo esto. Tendré que mentalizarme para entrar de nuevo en esas ruinas siniestras.

—Vamos —le digo—. Avisaremos a mi padre para que venga con nosotros.

La sonrisa de Quique me devuelve la calma. Mañana podré hacer el examen de Matemáticas porque él me cantará al oído *Penny Lane*. El único problema es que no he estudiado en toda la tarde.

ALIADOS

—Tenemos que buscar aliados.

La frase de Quique suena tan rotunda que me asusta. Es la hora del recreo y nos hemos sentado bajo los arcos del claustro, frente a la puerta de la cripta. Los chicos pasan por delante corriendo y riendo. Solo nosotros sabemos lo que se esconde ahí abajo.

—¿Y qué les vamos a contar? —contraataco—. ¿La verdad? ¿Para que nos tomen por locos y nos amarguen la vida?

—Habrá que inventarse algo. Hay que convencer a un grupo de gente para que entre con nosotros en el palacio. Gente de confianza.

—Ahora no tengo demasiados amigos aquí —aseguro—. Ni mi mejor amiga es ya lo que era.

—Con Carmen puedes contar —dice más convencido que yo—. Y con esa otra amiga suya…

—Lidia. Es maja, aunque le tengo un poco de manía. Serán celos.

—¿Y en clase? ¿Con quién podemos contar?

—Yala y Lucía, como mucho —resoplo—. El resto…

—Habrá que buscar a alguien más. Serena o Claudia…

—¿Las monas? —salto incrédula. Esas chicas no me gustan nada, no entiendo por qué Quique se ha fijado en ellas.

—Son alegres —balbucea, ante mi reacción.

—Son tontas —aseguro.

—Ni siquiera las conoces —objeta—. Tal vez no sean tan superficiales como parece.

Me hace dudar. La verdad es que apenas he hablado con ellas, las conozco de vista. Es el primer año que coincidimos en el aula, hasta ahora solo las veía reírse a todas horas y dar gritos agudos por los pasillos. Siempre vienen pintadísimas a clase, desde primero, y deben de tardar horas en peinarse cada mañana. No sé a qué hora se levantarán para tanto preparativo. Tienen muy poco que ver conmigo, aunque no haya cruzado con ellas ni dos palabras.

—Vamos a conocerlas —dice Quique al tiempo que se levanta.

Yo le sigo, nada convencida. Presiento que será inútil y que solo lograremos que se burlen de nosotros, que no vamos peinados ni vestidos a su gusto. Ellas jamás se pondrían el vaquero pasado de moda que llevo yo, ni la sudadera descolorida que me he colocado esta mañana.

Antes de llegar frente a ellas ya las oigo reírse de forma estridente. Serena y Claudia están con otras dos chicas a las que apenas conozco. Esto va a ser un desastre. Intento arrastrar a Quique en dirección contraria, pero ya es demasiado tarde, la decisión está tomada y no piensa volver atrás.

Me quedo rezagada, escudada por su espalda, a la espera de acontecimientos que presiento poco agradables.

—Hola —las saluda.

Las cuatro se callan, extrañadas. Se miran unas a otras, como si no supieran qué responder. Serena se lleva la mano a la boca para disimular una risita burlona.

—Hola —contesta Claudia.

—¿Qué tal os ha salido el examen de Mates? —pregunta Quique, ajeno a las risas.

—Regular —dice Claudia—. La profe explica fatal y ayer pasé de estudiar. ¿Y a ti?

—Bien —responde él—. A mí no se me dan mal. Si algún día quieres que te explique algo…

Las otras tres se echan a reír abiertamente y a mí la rabia me sube hasta la cara. Siento que me arden hasta las ideas. Espero que a Claudia no se le ocurra aceptar el ofrecimiento. ¿Por qué lo habrá hecho Quique? ¿Acaso le gusta esa niña tonta?

—¡Qué bien! —dice ella—. No quiero repetir curso y mi padre me acabará llevando a una academia. Eso es un rollo, prefiero que me des clase tú. ¿Lo harías gratis?

Nuevas risas. Ahora algunas miradas se dirigen a mí y no sé qué cara poner para no sentirme tan ridícula.

—A los amigos no se les cobra —asegura él—, se les devuelven los favores.

Tiro de la manga de su jersey con disimulo, esta conversación no nos va a llevar a ninguna parte. Serena me mira de arriba abajo con gesto de desprecio. Me gustaría que saliesen ahora mismo los espectros de los curas asesinados y les dieran un buen susto. ¡Si ellas supieran lo que se esconde tras la puerta que tienen detrás, se les pasaría la risa de golpe! Pensar en eso me hace sentir poderosa frente a ellas. Ser prisionera de lo invisible también tiene un lado bueno: sabes mucho más que los demás, sabes cosas que ellos nunca imaginarían. Esas chicas no podrían enfrentarse al terror como yo lo estoy haciendo. Vencer al miedo, sentirse valiente, te da poder. ¿De verdad soy valiente? En este momento la respuesta es sí.

Por fin Quique se despide de ellas y yo respiro aliviada. No he dicho ni media palabra y me voy igual de silenciosa. Las dejamos cuchicheando y riéndose, sé que hablan de nosotros y seguro que no para halagarnos.

—¿Has visto? Solo se han reído de nosotros —digo, cargada de razones.

—No te creas —me contradice—, Claudia ha estado amable. Ella podría ser nuestra aliada si nos inventamos algo creíble.

—Eres un iluso. Como mucho, te dará la lata para que le expliques las Mates el día antes del examen.

—Por algo se empieza. Ahora te toca a ti. Tienes que conseguir algún nuevo aliado.

Miro alrededor en busca de Yala y Lucía, las únicas de clase que me inspiran confianza, pero no las encuentro por ninguna parte. Frente a mí, apoyado en la pared y hablando con otro chico, veo a Julio. Como si mi mirada le hubiese llamado a gritos, él se gira, me observa y sonríe. Le devuelvo la sonrisa y no puedo evitar ponerme nerviosa. Decido que es el momento de acercarse.

Nos saludamos, sus ojos verdes me descomponen y su voz, grave y a la vez suave, me acaricia los oídos. Él se muestra amable, pero me trata como a una niña pequeña. Nos presenta a su amigo al que solo conozco de vista, se llama Gonzalo. Al menos no se ríen de nosotros, como las monas. Me pregunta en qué clase estoy este año y me informa de que él ha cogido el Bachillerato Tecnológico para estudiar Ingeniería. Es la conversación más larga que hemos tenido nunca.

—Dentro de dos semanas es Halloween —me dice Gonzalo—. Seguro que los pequeños hacéis algo.

Que me llame pequeña delante de Julio me molesta, solo tengo dos años menos que ellos, una insignificancia. Mis padres se llevan cinco. Se merece que le conteste mal, pero me contengo, prefiero darle la respuesta que espera.

—Sí, estamos preparando una fiesta de disfraces especial. ¿Queréis apuntaros? —se me ocurre proponerles.

—Gracias, Penélope —contesta Julio—. Tengo mucho que estudiar, pero lo tendré en cuenta.

No se han reído de mí y la respuesta no podía ser más amable, dadas las circunstancias. En el caso de que hubiese de verdad una fiesta de disfraces, Julio jamás aparecería. Mejor terminar ya la conversación y salir corriendo, antes de que acabe haciendo el ridículo delante del chico más guapo del San Isidro y del único amigo de verdad que me queda.

—Eres un genio —me suelta Quique entusiasmado en cuanto nos alejamos de Julio y su amigo—. ¡Vaya idea más estupenda!

—¿Qué idea? —no entiendo nada. No sé por qué se ha puesto tan contento.

—¡La fiesta de disfraces! —exclama—. Les diremos que vamos a hacer una auténtica fiesta de Halloween en un sitio especial: el palacio abandonado. Seguro que más de uno se apunta. Hasta Julio, ya verás.

—¿Pretendes que llevemos a la gente a las ruinas para hacer una fiesta?

—Bueno, podemos empezar recorriendo este patio, cuando ya se haya hecho de noche. Podemos contarles lo de los curas asesinados que están enterrados aquí mismo.

—Recuerda que es un secreto de nuestros padres, no me parece bien —le advierto.

—Tienes razón. Habrá que inventar otra cosa. Ya se nos ocurrirá algo.

—Faltan pocos días. No sé si tengo tanta imaginación.

—Habrá que ir contándoselo a la gente de confianza. Empezaremos por Yala y Lucía, a ver qué dicen.

Encontramos a las dos amigas antes de regresar a clase. Él les cuenta el rollo de la fiesta y ellas le miran con recelo.

—¿Una fiesta en el instituto? —pregunta Lucía un tanto extrañada.

—Sí —dice Quique, con todo el entusiasmo del que es capaz—. No podéis imaginaros los sitios tan terroríficos que hay aquí.

Desde luego, no se lo pueden ni imaginar. Por las caras, no parecen muy convencidas.

—¿Tenemos permiso de la directora? —A Yala no se le escapa una.

—Se lo vamos a pedir —dice Quique, resuelto—. Ya hemos hablado con el jefe de estudios y le parece bien.

¿En qué lío nos vamos a meter? Rafa no sabe nada, quizá sospecha que andamos en algo fuera de las normas. Es más, él mismo me resulta sospechoso y no he sido capaz de contarle a Quique que la letra que leímos en la pizarra del trastero siniestro es la del jefe de estudios. Tampoco está bien que impliquemos a compañeros que son buena gente. Empiezo a sentirme culpable aunque aún no haya pasado nada.

Las dos nos dicen que lo pensarán, todavía no tienen planes para Halloween, y estoy convencida de que no van a tener otra propuesta semejante, aunque no les convenza demasiado.

—Esto va muy bien —susurra Quique en mi oído.

No entiendo tanto optimismo: seguimos en el mismo punto que antes del recreo. Quique se parece más a mi padre que yo misma: ambos prefieren ver la vida de colores, mientras que yo solo percibo sombras grises y visiones oscuras. Me gustaría ser como ellos. Sería la única manera de salir de esta pesadilla, pero me siento tan pequeña y débil que solo deseo salir corriendo lejos. ¿Me seguirán las sombras allá donde vaya?

UNA SOMBRA OSCURA

¿Cómo organizar una fiesta que no existe? Aunque resulte extraño, Quique se dedicó a ello durante toda la semana pasada y yo me dejé arrastrar. Se empeñó en que hablase con Carmen para proponérselo y ella se mostró encantada con la idea.

—¿Puede venir Lidia?

—Claro —se me adelantó Quique—. Toda la gente que quieras. El único requisito es que vengan contentos y dispuestos a pasárselo bien.

—Y disfrazados de algo que dé miedo, ¿no? Supongo que ese será el primer requisito.

—Bueno, sin disfraz también vale —contestó Quique, dispuesto a admitir a quien fuera con tal de que colaborase.

—¿Y si olvidamos esto? —le pregunté ayer en mi casa, después de que me enseñase un plano del San Isidro que había encontrado en la red.

—Si no lo hacemos, nunca estarás a salvo.

A salvo. Es lo único que deseo, sentirme a salvo. Mi casa es el refugio más seguro. Apenas salgo después de las clases y Quique se acerca todas las tardes para ver qué tal estoy. Esta semana me he mostrado algo más cariñosa con papá y él ha recobrado el optimismo que le caracteriza. Mamá, contagiada por la alegría paterna, ha estado mucho más risueña y me ha regalado una camiseta preciosa que ha comprado en los almacenes donde trabaja. Hasta la herida de la rodilla tiene mejor aspecto y casi no me duele. «¿Y si olvidamos esto?», me repito a mí misma.

—En este plano se ve muy bien qué zonas del instituto están unidas al palacio abandonado —me dice, entusiasmado—. Nos vendrá muy bien para ver por dónde entramos.

—¿Crees que nuestros amigos van a querer meterse ahí?

Cada vez tengo más claro que la respuesta será no. Yo misma me negaría si pudiera.

—No se lo diremos al principio —contesta—. Tengo un plan mejor. Verás, he hablado con Gonzalo.

—¿Qué Gonzalo? —No sé a quién se refiere.

—Sí, Gonzalo, el amigo de Julio, ¿no te acuerdas? El chico con el que estaba el otro día en el recreo.

Escuchar el nombre de Julio me alarma. ¿Habría logrado implicarlo también en esto?

—Resulta que él es uno de los guías del museo del instituto. Le he pedido que nos lo enseñe, pero con las luces medio apagadas. En el museo hay cosas que dan miedo…

—¡El vampiro, la cabra monstruosa, el esqueleto…! ¡No me los recuerdes! —exclamé.

—¡Exacto! Eso es lo divertido de una fiesta de Halloween, pasar un poco de miedo. Luego los llevaremos al palacio y ya estarán preparados. Se lo tomarán como una diversión, igual que la visita al museo.

Sigo sin verlo claro, pero he de admitir que no es una mala idea.

Otro año, el pasado sin ir más lejos, me habría parecido fabuloso celebrar la fiesta de esta manera: en un auténtico pasaje del terror. Pero hace un año yo vivía ajena a las sombras.

Quique se va enseguida, no tiene buena cara. Dice que está resfriado y se le nota: no ha dejado de estornudar ni de toser y se le ve congestionado y ojeroso.

Papá, con su habitual amabilidad, le ha preparado una infusión que se ha bebido con cara de asco. Espero que no me lo pegue, solo me faltaba coger una gripe ahora.

En la calle me espera la lluvia. Odio los días oscuros, en los que el cielo no es más que un telón grisáceo, porque tiendo a dejarme arrastrar por los malos presagios. Nada terrible puede ocurrir en una mañana soleada, pero en medio de la lluvia todo se vuelve borroso.

Veo delante a Carmen, refugiada bajo el paraguas, y me pego a ella como una lapa. Se alegra de verme, dudo que tanto como yo a ella.

—¿De qué te vas a disfrazar? —me pregunta, y yo tardo un poco en reaccionar.

—No lo he pensado —confieso.

—¡Si organizas tú la fiesta! —salta—. Deberías tenerlo preparado. No te voy a contar de qué me disfrazaré, quiero que sea una sorpresa.

—Una sorpresa —repito en voz baja.

Menuda sorpresa se van a llevar cuando se enteren de nuestros planes. Me siento culpable por meterla en esto.

—Si no te apetece venir… —intento disuadirla sin saber cómo.

—¡Cómo no me va a apetecer! —exclama—. Es la mejor fiesta a la que me han invitado en Halloween. ¡En el mismo instituto! ¿Sabes que mi hermana dice que hay un fantasma en la biblioteca? Me lo cuenta para que me entre curiosidad por un trabajo que tengo que hacer. ¡No veas cuánta imaginación tiene Elisa!

—¿Elisa ha visto un fantasma en la biblioteca?

Recuerdo las extrañas sensaciones que percibí en la biblioteca hace unas semanas, la cara desencajada de Elisa la tarde que la vi saliendo de allí, y las relaciono con lo que me acaba de contar Carmen. Intento saber más, pero enseguida llegamos a clase y ya han tocado el timbre de entrada. Nos despedimos con precipitación, yo tiemblo de frío y de miedo.

Entra la profe de Biología, cierra la puerta y Quique aún no ha llegado. ¿Se habrá quedado en casa, enfermo? No había pensado en esa posibilidad. Si no aparece, no me puedo quedar al lado de la ventana. Me dirijo a la mesa, al fondo de la clase, pero la profe se da cuenta y me obliga a regresar a mi sitio.

—Si pretendes dormirte, como el otro día, no vale que te escondas. Espero que hoy estés más atenta. No es tu estilo —dice airada.

Por fortuna, nadie se ríe ni comenta nada, ni siquiera Prieto, que ha llegado empapado a clase y tirita pegado al radiador. El ambiente es igual de desolador que siempre, a ello se une el día gris, aunque dentro de la clase hay más oscuridad que fuera. Miro las caras que me rodean: damos pena.

Sé lo que va a pasar e intento no perder los nervios. No puedo ponerme a gritar ni a tirar libros contra la ventana.

Un fogonazo de luz me deslumbra. Es el reloj de sol que arde ante mis ojos. Las letras se iluminan y leo las dos frases en latín:

Sol mea contegit? Irno
contegit umbra tuos

Las distingo con nitidez, como si acabasen de ser escritas, pero no comprendo el significado. Empiezo a repetir mentalmente lo que pone, como si se tratase de un conjuro: *Sol mea contegit.* No sé lo que digo, pero no logro dejar de repetirlo. Escucho otra voz que pronuncia lo mismo. No quiero oírla, no quiero ver a quién pertenece, pero sé que está a punto de aparecer.

Una sombra negra camina por delante del reloj, flotando por encima de las ruinas del palacio. No pasea por los escombros, como las otras, mira hacia el reloj. Los contornos de la imagen se van haciendo más nítidos hasta que distingo con claridad la figura de un hombre de espaldas, vestido con una túnica negra de arriba abajo, y una antorcha en la mano. Parece un sacerdote y me vienen a la cabeza los curas asesinados en 1834. Empieza a girarse lentamente y el miedo va creciendo en mi interior al mismo tiempo que el dolor de la rodilla, hasta hacerse insoportable. Mi cuerpo no responde, no podría gritar, aunque quisiera. Le veo la cara, tiene medio rostro desfigurado, como si se hubiera quemado. Le faltan los párpados del ojo izquierdo y la boca torcida guarda una mueca de dolor. El miedo me tiene paralizada, como si me hubiese quedado congelada de frío y de pavor. No quiero mirarlo, pero me resulta imposible esquivar su imagen. Me mira fijamente y el ojo sin párpados brilla con un destello espeluznante. Quiere comunicarse conmigo, se dirige a mí en latín.

—*Sequere umbram oculis tuis. Noli permittere thesaurum inveniri.*

No le entiendo, parece que me está pidiendo algo. Dice una y otra vez las mismas palabras y yo las repito sin comprender.

Un timbre suena y al tiempo la imagen se deshace como si soplasen la llama de una vela. La antorcha y el reloj de sol se apagan de golpe y regreso a la penumbra del aula. Abro los ojos y veo sobre la mesa el cuaderno de Biología. Las palabras en latín aparecen escritas en él, pero no es mi letra ni yo las he trazado, ni siquiera he sacado el bolígrafo del estuche. Paso la mano por encima de las letras y se borran, parecen dibujadas con arena. Me miro los dedos y los tengo impregnados de un polvo negro y pegajoso que despide un olor desagradable.

Salgo huyendo del aula con la respiración agitada y me refugio en el baño. Por mucho que restriego con jabón, la mancha negra de los dedos no desaparece.

Noto un reguero de sangre que baja por la pierna. La herida se ha vuelto a abrir. Oigo el timbre que anuncia la clase siguiente, pero no me siento capaz de entrar en el aula. Me apoyo en la pared y me dejo escurrir hasta sentarme en el suelo del baño. Quizá Quique tenga razón y el único remedio sea entrar en el palacio para intentar solucionar esto. Ahora solo deseo quedarme aquí sentada y no entrar en clase. Espero que nadie me eche de menos y salga a buscarme. El suelo está frío, cada vez más, y me duele la espalda en esta postura. Cierro los ojos e intento visualizar algo agradable: a papá preparándome el desayuno, a mamá riéndose conmigo, a Quique cantando canciones que solo conoce él. Me voy tranquilizando y el pinchazo de la rodilla se vuelve más leve. A pesar del frío y de la incomodidad, noto que me adormezco. Es agradable dejarse vencer por el sueño, pero temo que las pesadillas se apoderen de mí si cierro los ojos. No me quedan fuerzas para resistirme y siento que voy cayendo, lentamente, por un agujero sin fondo.

—¿Qué haces aquí? —Una voz aguda me despierta y me hace dar un respingo.

Es una profe a quien solo conozco de vista, debe de estar de guardia y le extrañará encontrarme tirada en el baño.

—No me encuentro bien —digo, sin mentir del todo.

—¿Por qué no se lo has dicho al profesor de tu clase? No puedes quedarte aquí fuera.

—Dentro de clase me mareo —le digo con voz apagada.

—Ven —me ordena—. Bajaremos a jefatura y llamaremos a casa para que te vengan a buscar.

Me cuesta ponerme en pie, tengo los huesos entumecidos, pero la rodilla no me molesta y la sangre se debe de haber secado. La profesora nota mi cojera y me pregunta si me he caído. Le cuento que es una herida que no acaba de curarse. Me miro las manos: la mancha negra ha desaparecido de mis dedos.

Por suerte, Rafa no está en el despacho, debe de andar dando clase. No me habría gustado contarle mi vida hoy, porque seguro que me habría sacado más información de la que yo quisiera. Así que me limito a llamar a papá que, asustado, dice que vendrá enseguida a recogerme.

Mientras le espero, le envío un mensaje a Quique:

«Cuando no vienes, vuelven las visiones. La de hoy ha sido terrible. Tienes razón, así no puedo seguir. Te necesito más que nunca».

No tarda ni medio segundo en contestarme:

«Tranquila, lo arreglaremos. Siempre me tendrás a tu lado, aunque esté con gripe».

La frase me calienta el alma y me devuelve la sonrisa que perdí en cuanto atravesé la puerta de clase.

Solo el amor nos salva de la locura.

UNA FIESTA TERRORÍFICA

Ha llegado el día. Los preparativos de las últimas horas han sido intensos y nos han mantenido entretenidos. Es mérito suyo: Quique ha intentado aparentar que de verdad se trataba de una fiesta lo que organizábamos. Le pidió a su madre que nos hiciera los disfraces y ella aceptó encantada. Nos ha cosido dos capas de Drácula chulísimas. Mi padre también quiso participar y se ofreció a prepararnos una merienda adecuada: una tarta con un murciélago dibujado. Desde que tiene mucho tiempo libre, le ha dado por la cocina y le encanta la repostería, algo que yo agradezco y mi madre aborrece porque dice que va a acabar gorda como un tonel con tanto dulce. El dibujo no le ha salido muy bien, pero la tarta estaba buenísima. Papá me sugirió que invitásemos a la madre de Quique y me pareció buena idea, más aún teniendo en cuenta que mamá ha librado esta tarde y también ha podido sumarse a la merienda.

Ha sido muy divertido; tanto que, durante la fiesta, he olvidado el motivo real de la puesta en escena. Solo se trata de una representación; la verdad vendrá después, sin máscaras, cruda y terrorífica.

Mientras nos disfrazábamos, no he pensado en las visiones ni en las oscuras entrañas del palacio donde nos aguardan las sombras y que tendremos que volver a pisar. Nos hemos reído pintándonos las caras de blanco, añadiendo negras ojeras y gotas de sangre en las comisuras de los labios. Quique ha comprado unas dentaduras postizas de dientes afilados en la tienda de disfraces de la calle Toledo. Cuando nos las hemos probado, no podíamos parar de reír.

Dejamos a los mayores tomando café y apurando la tarta, y nos despedimos para acudir a la supuesta fiesta.

—¿Dónde es la celebración? —pregunta Charo.

—En casa de una amiga —respondo, para que mi versión coincida con la de Quique.

—No nos ha querido decir qué amiga —interrumpe mi padre—. Dice Peny que la controlo demasiado.

—Son buenos chicos —asegura Charo—. Creo que nos podemos fiar de ellos.

Agradezco que den la conversación por zanjada, mejor que no sigan preguntando. Tiro de la capa de Quique y él, que sabe interpretar mis gestos, dice que nos tenemos que ir.

Nos despedimos efusivamente, como hijos cariñosos y responsables. ¡Si ellos supieran!

Al salir a la calle, nos sorprende una tarde fría. El disfraz de Drácula no permite abrigarse demasiado: la capa negra no es suficiente para protegerse del viento helado. Como aún me dura la euforia de la merienda, no me parece un mal presagio.

Llevamos un rato sentados bajo los arcos del claustro y cada vez tengo más frío. Hemos llegado antes de tiempo y aún no ha aparecido ninguno de los invitados a la fiesta. Los alumnos mayores, del turno de tarde, nos miran divertidos. Una chica nos ha hecho una foto con su móvil y nos ha contado que ella también se va a disfrazar de vampiro. El trasiego de gente nos entretiene porque casi todos reparan en nosotros.

—Espero que no pase Rafa por aquí hoy —digo—. ¿Qué le decimos si nos ve así vestidos?

—Pues que hemos quedado aquí para ir a una fiesta.

—¡Como si no hubiese otros sitios para quedar! Es muy listo Rafa, no creo que cuele.

—Entonces, mejor que no aparezca.

Han pasado más de quince minutos de la hora fijada y los que no han aparecido son nuestros invitados. ¿Y si no viene nadie? Seguro que Quique está pensando lo mismo que yo. Si pretende que seamos los dos solos quienes nos internemos en las ruinas del palacio, lo lleva claro. Me negaré con todas mis fuerzas.

—¿Cuánto tiempo más crees que debemos esperar? —le pregunto.

—El que haga falta; de todas formas no podemos volver a casa a la media hora de haber salido de allí, con la que hemos montado —responde, convencido.

—Me estoy quedando helada, esta capa no abriga nada —me quejo, tiritando.

—Tendrías que haberte puesto un jersey gordo debajo, como yo.

Me atrae hacia él y yo me dejo. Pasa su brazo por encima de mi hombro y hace que su capa me cubra; el contacto con su cuerpo consigue detener mi temblor. Así se está bien, casi no me importa que no aparezcan los demás.

Seguiríamos juntos toda la tarde, sin tener que enfrentarnos a nuestro propio miedo. Cierro los ojos, invadida por una calma sedante. Así, con los ojos cerrados, me puedo figurar que hoy no es Halloween y que nosotros somos algo más que buenos amigos.

—Perdonad el retraso. —La voz de Yala me devuelve a la realidad—. No encontrábamos la escoba de Lucía.

Se las ve muy graciosas vestidas de brujas, tan bajitas las dos, tan bien disfrazadas y pintadas. No inspiran miedo, más bien simpatía.

—Estáis muy guapas —les dice Quique.

—Vuestro disfraz está muy bien —contesta Lucía—. Pero ¿no ha venido más gente aún?

—Están al llegar —dice mi amigo como si lo supiera seguro.

Entre risas, nos cuentan cómo se han fabricado los disfraces. Se las ve nerviosas e intrigadas con la fiesta. Quique no quiere desvelarles nada hasta que no lleguen los demás y a los cuatro nos puede la impaciencia.

En medio de un coro de risas aparece Carmen, vestida de zombi, con un disfraz espectacular. A su lado, viene Lidia disfrazada de igual manera.

—He invitado también a Ricardo, supongo que nos os importará.

Detrás de ellas aparece el chico, vestido como Michael Jackson en el vídeo de *Thriller*: la misma cazadora roja, el mismo aspecto de muerto viviente e igual de negro que el cantante americano cuando lo grabó, y sin necesidad de maquillaje. A Ricardo, el novio de Elisa, todo el mundo lo conoce por el apodo de Afro. Es por el pelo: negro, rizadísimo y abundante, que destaca por encima de las cabezas de los demás.

—¿Y Elisa? —le pregunto a Carmen en un aparte. Me extraña que esté su novio y no ella.

—No se encuentra bien, está muy rara y pasa de Afro. Hoy he visto tan mal al pobre chico que me ha dado pena y le he invitado. Como dijiste que era «entrada libre»...

—Me parece bien que se lo hayas dicho. No le conozco mucho, pero sé que es un tío majo.

—Lo es. Ha sido su madre quien nos ha maquillado. Es peluquera. ¿A que estamos genial?

—Parecéis sacados del cementerio —contesto entre risas.

Supongo que ya estamos todos. Habrá que empezar a moverse. Regresa el frío y se me están quitando las ganas de reír. Hago un gesto a Quique para que «empiece la función» y él me contesta, con otro gesto, que debemos esperar aún más. No sé qué prefiero: que esto pase ya, y rápido, o que se retrase lo más posible.

—¿Llego a tiempo?

Claudia se presenta de pronto, con un disfraz de bruja claramente improvisado. Me extraña su repentina aparición, ¿quién la ha avisado? Solo hay una respuesta y me remueve por dentro.

—Gracias por invitarme —le dice a Quique—. Mis supuestas amigas van a una fiesta a la que yo no he sido invitada y no me apetecía quedarme en casa enfadada. Lo he pensado a última hora y me he puesto lo que he pillado.

Se lo cuenta todo a mi amigo, como si los demás no existiésemos, como si fuera él quien inventó la fiesta. No sé por qué me molesta tanto, ¿o sí lo sé? Viene maquilladísima, va disfrazada de bruja sexi. Su lema es: cualquier cosa menos parecer fea. No pinta nada aquí, seguro que nos fastidia los planes.

—Escuchadme bien —habla Quique y todos formamos un círculo alrededor—. Lo que vamos a hacer es una fiesta clandestina, una especie del túnel del terror, pero para pasarlo bien. Si alguien no está dispuesto a seguir, que lo diga.

—¡Esto se pone emocionante! —exclama Ricardo.

—Primero vamos a visitar el museo —explica—. En él hay objetos terroríficos. Se trata de que veamos el lado divertido, de que nos riamos de lo que da miedo. Hay que mantener el buen rollo y la alegría durante todo el recorrido. Recordadlo bien, es muy importante. Después iremos a otro sitio.

—¿A qué sitio? —quiere saber Lidia.

—Ya lo veréis. De momento, os voy a contar que este instituto tiene más de cuatrocientos años. Si creéis en fantasmas, pensad que por este claustro y por los pasillos han pasado miles de alumnos que ya están muertos. Quizá sus espíritus aún deambulan por aquí, lamentándose...

—Sí, quejándose de haber suspendido un examen —bromea Carmen—. Estás peor que mi hermana, que cree en esas cosas y pasa miedo en cuanto se apaga la luz.

Todos reímos, de eso se trata, de mantener la alegría frente al dolor. ¡A ver si lo conseguimos hasta el final! Vamos hacia el museo como una pandilla de monstruos con ganas de juerga.

Gonzalo, el amigo de Julio, que ejerce de guía del museo, nos espera con todo dispuesto. Le divierte ver cómo vamos disfrazados. Ha apagado la mitad de las luces y una penumbra lúgubre nos recibe nada más entrar.

—En esta primera planta encontraréis las notas y las fotos de algunas personalidades importantes que estudiaron aquí a lo largo de los siglos —empieza a contarnos—. Observad cómo nos miran desde las fotografías, todos están ya muertos, pero hace años eran chavales, igual que vosotros. Dentro de un siglo, ¿estarán vuestras fotos en este museo?

¡Vaya con Gonzalo! Se ha propuesto asustarnos. No está mal la idea, así nos iremos preparando para lo de después, eso en lo que no quiero pensar aún.

—Y los autores de esos trabajos escolares también pisaron las mismas aulas que vosotros; ¿habéis pensado que pueden seguir por aquí?

En el grupo se ha hecho el silencio. Todos atienden con los ojos como platos, no se percibe miedo, solo curiosidad y expectación. Yo también lo siento, ¿qué va a ocurrir esta tarde?

Llegamos a la primera planta y Gonzalo empieza a hablarnos de los animales disecados. Con la escasa luz parecen sacados de una película de terror. Los ojos de cristal de las aves brillan en medio de la penumbra.

—El vampiro que veis aquí procede de América. Chupaba la sangre de sus víctimas —dice con voz cavernosa.

—Espero que no se eche a volar ahora mismo —salta Ricardo.

Unas tímidas risas acompañan el comentario. Los seres deformes y monstruosos que aquí se exponen estremecen más en una noche como esta.

—Fijaos en el modelo anatómico que hay en la parte superior de la escalera —nos pide Gonzalo—. Lo realizó un médico francés en 1860, el doctor Azoux. Está hecho de pasta de papel y es de una perfección increíble. Azoux es el auténtico doctor Frankenstein del siglo XIX.

—¿Por qué dices eso? —pregunta Ricardo.

—Porque nadie se explica cómo podía hacer unas reproducciones humanas tan perfectas. Usaría cadáveres como modelos.

Se hace el silencio, todos parecen impresionados, pero a mí no me asustan los comentarios de Gonzalo, aunque se ajusten a la verdad. Más me inquietan las pisadas que suben por la escalera. Todos las escuchamos y nos miramos sin saber qué decir.

—¿Esperabais a alguien más? —nos pregunta Gonzalo.

Nos asomamos al hueco de la escalera y vemos una sombra blanquecina que sube a zancadas hacia donde nos encontramos nosotros.

—¡Es un fantasma! —exclama Lucía.

Nos juntamos hasta formar una piña, no nos atrevemos a gritar. La figura se planta ante nosotros. Es alguien escondido bajo una sábana blanca, distingo sus deportivas por debajo de la tela.

—Buuuuuuu —suelta para asustarnos.

—¿Quién eres? —pregunta Carmen, que parece la más resuelta del grupo.

Tira de la sábana y aparece ante nosotros un risueño Julio.

—¿Qué? ¿Os habéis asustado?

Todos se ríen y yo me alegro de verle. No esperaba que apareciese, casi ni recordaba que fue el primer invitado a la fiesta.

Me mira con esos ojos verdes que no puedo resistir y su sonrisa me parece la más perfecta del mundo.

—No me lo quería perder —nos dice—. Además, no tenía ningún plan para esta noche.

—Pues yo sí tengo una cita importante —salta Gonzalo—. Así que vamos a acabar pronto el recorrido que tengo que cerrar y marcharme.

—¡Vaya con Gonzalo! —exclama Julio—. ¡Qué calladito te lo tenías! Ya me lo contarás.

Seguimos escaleras arriba y el esqueleto escondido en el armario alargado pega un buen susto a Yala y Lucía, que no se lo esperaban.

—Se cree que es de un chaval de catorce años que murió aquí mismo, al caerse rodando por estas escaleras —cuenta Gonzalo—. Se dice que fue un compañero suyo quien lo empujó. Desde entonces su espíritu vaga por aquí, sediento de venganza.

Sé que no es verdad, ni siquiera logra estremecerme, sin embargo Claudia y Lidia parecen impresionadas.

—¿Alguien lo ha visto? —pregunta Claudia con voz temblorosa.

—¡Qué imaginación tienes, tío! —suelta Julio—. No te pases, que estás asustando a las niñas.

Después de soltarnos una trola sobre el modelo anatómico (dice que es un cadáver desollado), Gonzalo da por acabada la visita y nos hace salir precipitadamente del museo.

—Tengo que cerrar y devolver las llaves —nos cuenta—. Hoy no está Rafa y debo hacerme cargo de todo.

—¿Y esa puerta? —pregunta Julio refiriéndose a la del trastero espeluznante donde entramos sin querer el otro día.

—No tengo ni idea —confiesa Gonzalo.

Julio se acerca a la puerta y agarra el picaporte. Va a intentar abrirla, pero yo no quiero volver a entrar ahí por nada del mundo.

—¡No! —Se me escapa un grito.

Julio se gira hacia mí, sorprendido. La puerta está cerrada con llave y no ha logrado abrirla. Rafa se habrá encargado de arreglar la cerradura para que nadie pueda entrar y me alegro de ello.

—No podemos entretenernos más —habla Quique por mí, para justificar mi reacción—. Se le va a hacer tarde a Gonzalo y nosotros tenemos que seguir nuestro recorrido.

—¿Adónde vais ahora? —pregunta Julio.

—Es un secreto —responde Quique.

—Entonces, me apunto.

DANZA MACABRA

—Escuchadme bien. Lo que viene ahora es lo más difícil. Si alguien no quiere seguir, es el momento de decirlo.

Quique nos ha llevado al centro del claustro, donde se encuentra el pozo, y nos ha hecho situarnos alrededor. Nos habla en susurros, como si nos contase un secreto; en realidad, así es.

—Vamos a entrar en el palacio abandonado que está pegado al instituto.

—¡Guay! —exclama Carmen—. ¡Me chiflan las casas abandonadas! Y si es un palacio, mucho mejor. No sabía que hubiese un edificio vacío justo aquí al lado.

—¿El que se ve desde nuestra clase? —pregunta Claudia, con voz temblorosa.

Le ha cambiado el color, por debajo del maquillaje puedo percibir que se ha quedado pálida.

—No sé si me apetece —añade—. Me da mal rollo.

—Está en ruinas —continúa Yala, que tampoco parece muy contenta—. Es un sitio horrible. Ver ese paisaje desde la ventana nos tiene de mal humor.

—Nos ha traspasado la tristeza —dice Lucía.

Me estremezco, ellas también se han dado cuenta, quizá toda la clase sepa de dónde viene la pesadumbre que nos aplasta.

—Y lo que es peor —sigue Lucía—, alguien ha lanzado pegotes de barro contra los cristales de la clase… desde allí.

—Pero ¿no dices que está abandonado? —pregunta Lidia—. ¿Quién va a tiraros barro?

—Alguien habrá —contesta Lucía.

Los cinco de 3.º C nos quedamos callados, la certeza nos sobrecoge, es el momento de las dudas.

—Se trata de acabar con ese mal rollo, Lucía —explica Quique—. Tenemos que conseguir que las ruinas del palacio no nos traspasen su angustia a toda la clase. Para ello debemos entrar contentos, no dejarnos vencer por el miedo y cerrar el dolor que está encerrado entre las ruinas. Solo nuestra felicidad puede combatir la tristeza.

—¡Es genial! —salta Julio—. No pensé que los de tercero podíais organizar algo tan flipante.

—¡Cuando se lo cuente a mi hermana…! —exclama Carmen—. Le encanta entrar en sitios abandonados.

—¡Pero si Elisa es muy miedosa! —objeta Ricardo.

—Ya, pero al mismo tiempo le atraen todas estas cosas del misterio.

—¿Os vais a venir o no? —corta Quique—. No tenemos tiempo que perder o nos cerrarán el instituto. El que se apunte, debe armarse de felicidad.

Armarse de felicidad, esa es la clave, pero no es tan sencillo como contarlo. Claudia, Yala y Lucía lo saben, igual que nosotros dos. Tal vez no quieran arriesgarse y se echen atrás. No las culparía por ello. Sin embargo, sé que su alegría será la más valiosa si entramos en el palacio.

—A nosotros tres nos apetece entrar en este túnel del terror tan auténtico —habla Carmen por Ricardo y Lidia.

—Yo ya he dicho que me apunto —insiste Julio.

—Nosotras también vamos —dice Yala, al tiempo que toma a su amiga de la mano.

Claudia nos mira sin saber qué hacer. El miedo se percibe en su rostro, ya no parece tan segura ni tan invulnerable como en clase. La debilidad nos hace más humanos: ya no la veo como una tonta, pendiente solo de su aspecto físico.

—Está bien —suspira—. Yo también me apunto.

—¡En marcha! —dice Quique—. Hay que entrar en el patio de la capilla con mucho cuidado, para que no nos vean.

Caminamos con sigilo, en fila, como una procesión de monstruos: dos vampiros, tres brujas, tres zombis y un fantasma. Quique va delante, se ha convertido en el guía y tiene madera de líder. Me hace sentirme segura incluso en un momento tan crucial y temible como este.

El hueco de la valla metálica es mayor de lo que recordaba, podremos entrar todos sin problema. Y así lo vamos haciendo uno detrás de otro. Primero Quique, que me tiende la mano para que yo sea la segunda en entrar, después va ayudando al resto a internarse en el palacio.

—Mirad bien dónde ponéis el pie —nos advierte—. Son todo escombros y, si os caéis, os podéis clavar un ladrillo roto.

Avanzamos despacio y en silencio, en dirección al pasillo oscuro que comunica con el patio central. Quique nos va indicando por dónde movernos.

—¡Vaya sitio! —exclama Julio.

—Es espantoso —susurra Claudia.

Julio se acerca a ella y le tiende el brazo para que se agarre. Claudia esboza una leve sonrisa y se aferra al brazo de él. No puedo evitar una mueca de disgusto.

Quique no ha perdido detalle del asunto y ha visto mi reacción. Es imposible disimularlo. Coge mi mano y la aprieta fuerte:

—No me sueltes nunca —me ordena, y yo interpreto mucho más de lo que dice.

Carmen, Lidia y Ricardo siguen con sus risas, ajenos a la verdad que se esconde tras las paredes desconchadas.

—Al lado de la casa del pueblo de mis padres hay un edificio abandonado, desde hace mil años —cuenta Carmen—. Está pegado a la nuestra y nos gusta entrar a jugar, a buscar tesoros, a subir por las escaleras rotas a la planta de arriba... De noche no hemos entrado nunca, da un poco de miedo. Elisa dice que alguna vez ha oído ruidos que vienen de la casa abandonada.

La voz de Carmen retumba en las paredes del pasillo, que parece no tener fin, con un eco fantasmagórico; pero ella no se da cuenta y sus amigos, tampoco. Las pisadas también resuenan y se multiplican como si otros pasos siguieran a los nuestros.

Llegamos al patio central. Está muy oscuro, la única claridad proviene de la calle: el reflejo de las farolas y de las luces del exterior ilumina levemente el cielo.

Todos miran alrededor y callan, sobrecogidos ante el espectáculo. El patio inmenso sigue igual: con las paredes desconchadas y el suelo levantado. Entre los ladrillos, hay huecos negros donde se esconden las palomas. Veo sus siluetas oscuras removiéndose inquietas ante nuestra presencia. Me parece menos aterrador que la otra vez, ¿será la compañía de otros una coraza ante el miedo? Quique nos indica que caminemos hacia el centro del patio rectangular y nadie se atreve a contradecirle ni a pronunciar una palabra.

En el centro es donde se encuentra el portal de dolor por donde se escapan las imágenes del pasado. Una luz difusa, como la que existe solo en los sueños y que tiene vida propia, me permite ver un hueco en el suelo, en mitad de las ruinas.

De pronto, aparecen unas nubes oscuras que surcan el cielo a gran velocidad, como impulsadas por un viento que no existe, y el patio se ilumina con una luz violácea de origen desconocido. Vuelve el miedo y empiezo a temblar como una hoja. Nadie dice nada, no perciben lo mismo que yo, pero el hecho de que continúen mudos me indica que ya no les parece este palacio un sitio divertido. Y eso es malo para nuestros planes.

Alguien llora y sé que no son mis compañeros. Es un sonido lejano que se va haciendo más fuerte, quienes se lamentan se van acercando peligrosamente. No quiero oírlos, no quiero verlos, pero sé que será inútil. Quique me mira y comprende lo que me ocurre. ¿Escuchará él lo mismo que yo? No me atrevo a preguntárselo ante los demás, podría provocar el pánico y, entonces, tanto esfuerzo no habría servido de nada.

—Vamos a sentarnos aquí, en el centro —nos dice, y todos obedecen. Hasta la expresión de Julio ha cambiado y Carmen hace rato que no se ríe.

Una ráfaga de aire levanta nuestras capas y hace volar los sombreros de las dos pequeñas brujas. Ninguna se atreve a ir a recogerlos.

Ahora oigo con nitidez el llanto de los niños del colegio, están cerca y puedo distinguir el suspiro largo de una mujer. La duquesa también ha llegado, aunque aún no pueda verla. Los lamentos se mezclan con la voz de una anciana a quien conozco y las palabras en latín del cura de la cara quemada.

Tiemblo de los pies a la cabeza, no es posible escapar y están a punto de hacerse visibles solo para mí. Las sombras moradas se elevan, como llamas, en el centro del círculo que hemos trazado con nuestros cuerpos.

—Tenemos que cogernos de las manos, muy fuerte, y pensar en cosas buenas que nos hayan pasado —oigo decir a Quique, por debajo de los sonidos que me tienen prisionera.

—¿Qué es ese ruido? —pregunta Claudia—. Os estáis pasando. ¡Quiero irme de aquí!

Está asustada porque percibe algo que no puede explicar.

—No tengas miedo —Julio intenta calmarla—. Son las palomas… eso creo.

Las sombras comienzan a girar alrededor de nosotros, en una danza macabra. Veo con claridad a los niños del internado, enfundados en sus túnicas negras, y a la duquesa, cabizbaja y suspirando, vestida de blanco. Ahora aparece su hija; la niña se enjuga las lágrimas con un pañuelo bordado.

—Tengo mi linterna. Nadie me va a echar de aquí, hasta que me muera.

Es la voz de la anciana, que se mezcla con las de mis compañeros, a los que apenas distingo. Ya no son sus palabras las que llegan a mis oídos, no sé qué está ocurriendo en la realidad porque las visiones se han apoderado de mi voluntad. Deseo con todas mis fuerzas que sean capaces de sacarme de aquí, que acumulen alegría suficiente para terminar con esto.

Del suelo surge un remolino de llamas, como un tornado. Temo que vayan a salir más sombras, más imágenes de dolor atrapadas en el tiempo. ¿Y si todo esto sirve para que aparezcan nuevos espectros en lugar de para acabar con ellos? El pavor me mantiene paralizada, no siento mi cuerpo, ni sé qué está ocurriendo fuera de las visiones. Las imágenes comienzan una danza macabra en el centro del círculo, giran a la velocidad del tornado, se elevan hacia el cielo poblado de nubes negras, y las voces se hacen tan potentes que temo que taladren mis tímpanos.

—Por favor, pensad en la felicidad —oigo muy lejos—. No hay que rendirse al miedo.

Entre los sollozos distingo una risa infantil, muy débil. Ahora son dos, tres, cuatro… sigo contando hasta doce. Veo a los doce niños internos jugando al corro alrededor del tornado, ríen sin parar y cantan, se están divirtiendo. Algo empieza a funcionar. Entran en el tornado de llamas y la fuerza los engulle, desaparecen entre un coro de voces infantiles.

La duquesa está ahora delante de mí, me contempla con los ojos más tristes del mundo. Recuerdo su historia y me estremezco, quiero decirle que lo sé todo, que lo siento, pero no puedo hablar y ella no me entendería porque no está aquí. Por detrás aparece la niña y se abraza a las piernas de la madre. Ella se agacha y besa a Carlota. Es una imagen enternecedora y sé que la estoy viendo gracias a mis amigos, a la fuerza de sus recuerdos hermosos. Madre e hija se cogen de la mano y flotan ante mí, el tornado las engulle y dejan un reguero de estrellas blanquecinas, como sus vestidos.

La anciana habla sola, como una loca solitaria, y me ilumina con una linterna.

—¿Crees que esto es vida? —me pregunta con su boca desdentada—. Sin luz, sin agua, sin nadie.

—No es vida —musito, aunque dudo que alguien me oiga.

—Antes, hace mucho tiempo, se hacían fiestas en este patio. Los jóvenes lo pasábamos muy bien. En una de esas fiestas lo conocí a él.

La anciana me entrega la linterna y se pone a bailar, despacio, una música inexistente. Da vueltas y vueltas hasta que veo que un hombre la toma por la cintura y los dos sonríen. Ya no es una anciana, sino una joven. Ambos avanzan hacia el tornado de llamas y veo cómo la pareja gira hacia lo alto para después desaparecer dentro del círculo.

Se manifiesta el cura con su sotana negra y la antorcha en la mano, su rosto desfigurado me da pavor. Me grita, pero no le entiendo, se empeña en hablarme en latín y repite las mismas frases.

—Sol mea contegit. Sequere umbram oculis tuis. Noli permittere thesaurum inveniri.

Da vueltas sin parar de recitar las mismas frases, se dirige a mí, sé que me está pidiendo algo, que es importante, pero no le puedo ayudar.

—¿Por qué no te vas tú también de una vez? —le digo.

Me clava una mirada aterradora que no logro sostener. De su ojo sin párpados surge un fulgor siniestro y amenazante que esconde una terrible verdad. La llama de la antorcha se confunde con las que surgen del tornado, que se elevan cada vez más alto hasta tocar las nubes e incendiarlas, como si fuesen de algodón. El cielo se convierte en un telón rojo de fuego que amenaza con aplastarnos.

—¡Soplad fuerte! —grito, al fin.

Escucho los soplidos que se convierten en un huracán y el fuego va apagándose como si le hubieran caído encima litros de agua. El cielo recupera su color azul oscuro y el tornado desciende hasta convertirse en rescoldos, para luego desvanecerse por completo.

—¿Qué está pasando? —escucho la voz de Claudia.

Una ráfaga de aire levanta polvo y arena del suelo. Se oyen ventanas que se cierran de golpe y estallan en un estruendo de cristales. No soy la única que ha escuchado el ruido: todos gritan asustados.

Frente a mí, en la segunda planta del edificio, veo un balcón abierto por donde se filtra una llama rojiza. De entre las sombras surge la figura del fraile, oscuro como un cuervo, que me mira con la antorcha en la mano. Ojalá solo fuera una pesadilla, pero los sueños no tienen nariz, no huelen, y un penetrante aroma a incienso inunda mis pulmones. La herida de la rodilla me duele de manera atroz, creo que me voy a desmayar.

ATRAPADOS

Abro los ojos a mi pesar, prefiero seguir dormida o inconsciente para no ver lo invisible. Tengo miedo de recobrar el sentido y comprobar que las visiones no se han marchado.

Lo que veo no es lo que temía, ahora sí que me parece un sueño, pero un sueño placentero y largamente esperado. Julio me lleva en brazos y me mira con preocupación.

—¿Estás bien?

Asiento con la cabeza y él, con infinito cuidado, me tumba en el suelo. Los demás me contemplan asustados. Claudia está llorando, Yala y Lucía están a punto y a los demás no se los ve tan contentos como cuando entramos. Todo ha vuelto a la normalidad: estoy en el patio en ruinas del palacio, no hay sombras, ni luces extrañas, ni sonidos preocupantes.

—Te has desmayado —me dice Julio—. Habrá sido de la impresión.

—Ese vendaval, de pronto, y los cristales rotos me han dado el susto de mi vida —salta Carmen—. Esta sí que es una casa abandonada de las que dan miedo.

—No ha sido solo eso —cuenta Claudia con lágrimas en los ojos—. Yo he sentido algo más: un frío enorme, unos ruidos extraños... ¡Quiero irme de aquí!

—Sí, me ha costado muchísimo pensar en algo alegre —interviene Yala.

—Lo habéis hecho muy bien —dice Quique con una media sonrisa—. Hemos vencido a la tristeza. Ya no habrá más caras largas en clase, os lo aseguro, mañana mismo lo vais a poder comprobar.

—Ha sido una pasada —asegura Lidia—. ¡Y en Halloween! Cuando lo contemos, no se lo va a creer nadie.

—Mejor que seáis discretos —advierte Quique—. Solo a gente de confianza. Tened en cuenta que nos hemos metido en un lugar prohibido. Nos puede caer una buena si se entera algún profe.

—No pensaba contárselo a ningún profe —salta Lidia.

—¿Puedes andar? —me pregunta Julio.

—Creo que sí.

Me ayuda a ponerme en pie, temo que la rodilla no me sostenga, pero compruebo que ya no me duele. Solo siento un cansancio que antes no estaba, como si acabase de correr una maratón.

El miedo me ha dejado agotada, me gustaría eliminar de mi memoria las imágenes que he visto, olvidarlo todo, pero es imposible dejar de pensar en lo que no deseas, por mucho que lo intentes. La última imagen del cura con la antorcha asomado al balcón me perseguirá hasta en sueños.

Me apoyo en el brazo de Julio y él me agarra por la cintura para que no me caiga.

—Hay que salir de aquí, enseguida —dice Quique, muy serio.

Enfilamos el pasillo oscuro, al fondo se distingue una luz tenue que nos sirve de guía. Aceleramos el paso, nadie quiere seguir en este lugar, y no tardamos en llegar al exterior. Es una buena señal; la otra vez, el patio actuó como un imán que nos impedía andar deprisa. Esto me confirma que el portal ya no existe, no hay nada que temer en este palacio.

—Hemos llegado tarde. —La voz de Quique suena a alarma—. Han cerrado la puerta del patio. Por aquí no se puede salir.

No comprendo lo que dice. ¿Acaso tendremos que pasar la noche dentro del instituto?

Hay un murmullo de preocupación. Claudia solloza y los demás no se atreven, aunque estén a punto.

—¿Y qué hacemos? —La pregunta de Julio es la de todos.

—Tengo un plano del palacio. Iremos hasta la puerta que da a la calle Duque de Alba y saldremos por allí —explica Quique.

—¿Crees que estará abierta?

Yo sé que no lo está, hemos pasado cientos de veces por la calle Duque de Alba, delante de esa puerta, y siempre está cerrada a cal y canto. Quique me dice, sin palabras, que no les cuente la verdad. No sé qué pretende.

—Hay más salidas, no os preocupéis.

—¿Hay que volver a entrar en ese sitio? —pregunta Claudia, aterrada.

—No hay más remedio —responde Carmen—. Pero ya no va a pasar nada más, estoy segura, dos ráfagas de viento en la misma noche sería demasiado. Esas casualidades no ocurren dos veces.

Agradezco la visión práctica del mundo que tiene Carmen, en este momento es lo que el grupo necesita: una buena dosis de realidad y un par de piernas en forma para correr.

Nos precipitamos en dirección al patio y atravesamos el pasillo en tres segundos. Quique nos va indicando la dirección a seguir.

—Hay que caminar hacia allí y encontrar la puerta de salida.

Seguimos hacia el otro extremo del patio y pasamos bajo un arco que nos conduce a otro patio más pequeño que el anterior. Las paredes están apuntaladas con vigas de hierro, todo parece a punto de derrumbarse. Los ladrillos desnudos asoman por debajo del encalado y el tejado aparece hundido en varias zonas. Trozos de tuberías rotas se aferran a las paredes como gusanos pegajosos, cables pelados caen de las ventanas y hierbajos secos asoman entre las baldosas rotas del suelo. Casi todas las ventanas están abiertas y con los cristales rotos. El lugar produce escalofríos. Hay un silencio sepulcral, roto por leves sonidos de origen desconocido. Lucía mueve la cabeza en todas direcciones, intentando localizar en cada momento el origen del ruido, y toca el aparato que lleva en la oreja. Pensará que se le ha estropeado.

—Nunca había oído ruidos como estos —susurra.

—Yo, tampoco —dice Yala.

Al frente, una especie de túnel abovedado conduce hasta la puerta principal. Esta parte parece restaurada: no asoman los ladrillos y no amenaza con desplomarse sobre nuestras cabezas. A un lado se ven herramientas de albañilería: ladrillos nuevos, un saco de cemento, una pala y varios cubos. Todo se ve polvoriento y abandonado: hace tiempo que dejaron de utilizarse.

Llegamos ante el portalón de madera y, como era de esperar, está cerrado. Por mucho que empujamos y tratamos de mover cerrojos, la puerta ni se inmuta. ¿Qué vamos a hacer? Todos nos preguntamos lo mismo. Puedo palpar el miedo en las caras de mis amigos, porque ahora todos son mis amigos, estamos juntos en esto y nada me ha unido tanto a nadie como esta experiencia terrorífica. Me miran expectantes, como si yo tuviese la clave para huir de este lugar de muertos.

—Debemos permanecer juntos y unidos —pienso en voz alta.

—Quiero salir de aquí enseguida —insiste Claudia—. Voy a llamar a mis padres.

Reaccionamos a la vez, hemos olvidado que en los bolsillos llevamos un objeto que nos comunica con el exterior, y sacamos los móviles. No hay nada que temer, es tan sencillo como avisar a alguien para que nos saque de aquí. Lo único que debemos temer es la bronca que nos van a echar, sobre todo a nosotros dos, que hemos urdido este plan siniestro.

Saco el mío y compruebo, para mi desolación, que se ha agotado la batería. Habría jurado que lo cargué por completo esta misma tarde, pero ya no me fío ni de mis propios recuerdos.

—El mío se ha quedado sin batería —se queja Julio.

Un nuevo escalofrío me recorre la espalda, sé que todos mis amigos van a decir lo mismo. Sé que estamos atrapados.

—Yo no lo he traído —dice Lucía—. No quería que se me perdiera. Yala sí lleva el suyo.

—Pero tampoco funciona. Es muy raro, estoy segura de que estaba cargado.

—¿Qué está pasando aquí? —pregunta Lidia—. Esto no es normal.

Sacamos los ocho móviles: todos están apagados, muertos. Habrá sido el efecto del tornado de luz que ellos no han visto, pero yo sí. Soy la única que puede tranquilizarlos.

—No os preocupéis —les digo—. Ya no hay nada que temer. Antes habéis espantado la tristeza; tenemos que seguir alegres y encontrar una ventana al exterior. Este palacio tiene muchos balcones que dan a la calle Duque de Alba. Solo hay que asomarse y pedir ayuda. Os prometo que saldremos de aquí.

—Tienes razón —corrobora Quique—. Solo hay que subir a la primera planta.

A la izquierda hay un portalón cerrado, pero a nuestra derecha vemos el marco de una puerta, apuntalado con vigas de madera. Solo se distingue oscuridad, es como una boca negra dispuesta a engullirnos, pero se trata de nuestra única posibilidad de salida.

—Yo no entro ahí —gime Claudia—. No hay luz.

Bajo mi capa de vampiro guardo una linterna que no he traído de casa; me tiemblan las manos cuando la enciendo. La anciana, la última habitante del palacio, me la ha dejado en herencia, antes de que su imagen desapareciese para siempre, y yo se lo agradezco para mis adentros.

—¡Peny, estás en todo! —suelta Carmen—. ¡Qué bueno que seas tan previsora!

—¿De dónde has sacado esa linterna? —me pregunta Quique.

Sabe bien que salí de casa sin ella. Con un gesto que él entiende, le digo que la respuesta es tan incomprensible como todo lo que nos está ocurriendo esta noche.

—¡Te seguimos! —salta Julio.

Me mira y sonríe, su confianza me da fuerzas, tantas como la linterna, que da una luz potentísima. Alumbro la boca oscura que da entrada a los pisos del palacio y aparece una escalera estrecha, que asciende pegada a una pared desconchada y llena de grietas. Mis amigos suben detrás de mí, pegados a mi espalda; necesito el contacto de todos.

—Cogeos de la cintura y cantad una canción que os guste.

Noto unas manos que me tocan con delicadeza y, a la vez, con todas sus fuerzas. Es Quique, lo sé aunque no lo vea. Ahora puedo confirmarlo: escucho en mi oído las notas de *Penny Lane*. Ya no tengo miedo.

Ahora somos una tribu que canturrea cada uno su propia música. Distingo la voz de Carmen, entonando una canción antigua, de esas que cantan nuestros padres.

Un penetrante olor a pis de gato sube de cada peldaño. Algunos escalones están levantados y nuestros pasos crepitan como si aplastásemos cucarachas. Compruebo que son hojas secas, trozos de vidrio y de madera desprendidos de la propia escalera. La barandilla se mueve peligrosamente al apoyarnos. No parece muy segura; les advierto para que no la toquen y vayan con cuidado.

—¡Ay!

Alguien ha tropezado y se ha hecho daño. Es Claudia, se ha clavado un cristal en la rodilla, igual que yo hace unos días. Tendré que advertirle que debe cuidarse muy bien la herida.

La puerta derecha de la primera planta está abierta. Paso dentro y alumbro la entrada, en la que hay un espejo alargado y roto pegado a la pared. El reflejo me devuelve la imagen de dos vampiros, tres brujas, un fantasma y tres zombis víctimas de su propio juego, asustados como si ellos mismos se hubiesen visto aparecer en una noche de

Halloween y en una casa abandonada. El espejo refleja la luz de la linterna multiplicada por cien y el largo pasillo se ilumina por completo. Hay unos cuadros colgados de clavos torcidos, todo está lleno de polvo: en el suelo se marcan nuestras pisadas, como huellas en la nieve. El olor a gato se hace más insoportable. Mis amigos han dejado de cantar y asisten mudos al espectáculo de la casa abandonada.

Me acerco a la habitación de la derecha: hay una cama de hierro con un viejo somier sin colchón y una mesilla de un color indefinido, pues una espesa capa de suciedad lo cubre todo. Reconozco el lugar, aunque no he estado nunca. Encima de la mesilla hay un farol que he visto antes.

—Aquí vivió la última habitante del palacio —la voz me sale del alma—. No tenía ni luz ni agua. Sobrevivió aquí, ella sola, con sus gatos, hasta que murió con más de ochenta años.

Una sombra negra salta de debajo de la cama. Un par de ojos brillantes nos observan desde lo alto de la mesilla; todos gritan aterrorizados y un gato sale corriendo y maullando entre nuestros pies.

—No pasa nada —intenta tranquilizarnos Quique—. Es solo un gato.

—Estamos a punto de conseguirlo —digo—. Ahí está el balcón que da a la calle. Solo tenemos que abrirlo.

Intento levantar el picaporte, pero lleva tantos años cerrado que está oxidado y no cede. Julio es el mayor y, seguramente, el más fuerte de todos, así que le invito a probar. Con gran esfuerzo logra levantarlo, pero apenas si consigue mover la puerta unos milímetros.

—Está encajada —explica—, la humedad ha hecho que la madera se hinche y va a ser bastante difícil abrirla. Tenemos que empujar todos.

Unimos nuestras fuerzas, escasas en mi caso, para abrir un hueco al exterior.

En medio del esfuerzo, veo que la habitación se ilumina más, como si hubiese dos o tres linternas en lugar de una sola.

—¿Se puede saber qué demonios hacéis aquí? —truena una voz a mis espaldas.

Todos gritan menos yo, he reconocido una voz humana, aunque no conozca a su dueño. Desde el pasillo nos observa un hombre grueso, provisto de una linterna más potente que la mía y vestido con uniforme de vigilante.

—¿Cómo habéis entrado? —grita—. Esto es una propiedad privada. Además, es peligroso que estéis aquí dentro, se puede caer el techo o una pared... y sería mi responsabilidad. ¡Salid ahora mismo!

No nos atrevemos a rechistar y vamos saliendo en fila, escaleras abajo.

—Os habéis colado por el instituto, ¿verdad? Ya diré mañana que arreglen la valla. No pensé que podía caber un chaval por ahí... y resulta que han entrado nueve.

Nos dirige hacia la puerta principal y saca del bolsillo una llave enorme que abre el portón de madera. Una bocanada de aire fresco nos recibe; respiro aliviada a pesar de la situación. Me doy cuenta de que ya no tengo la linterna, debe de haberse quedado dentro, en casa de su dueña, la solté cuando intentábamos abrir la ventana.

—Debería avisar a la policía y denunciaros —dice muy serio—, o a vuestros padres para que os castiguen por meteros en un sitio peligroso. Lo haré si volvéis a aparecer por aquí; no quiero veros ni siquiera pasar por la puerta, ¿entendido? Y avisaré al instituto para que os tengan vigilados. ¡Vaya pandilla de gamberros!

Cierra el portón de golpe, a nuestras espaldas, y el sonido resuena en toda la calle. Nos miramos, desconcertados. Todo ha ocurrido muy rápido e ignoro cómo han vivido mis amigos la experiencia. ¿Qué sensaciones guardarán de esta extraña situación?

—Me duele la rodilla —dice Claudia, que es la primera en hablar.

—Te acompaño a casa —se ofrece Julio y compruebo que no me molesta, al contrario, le agradezco que lo haga.

—Siento haberte metido en esto —le digo a ella.

—Nadie me obligó.

—Ha sido una pasada —salta Carmen—. En toda mi vida había pasado una noche de Halloween tan auténtica.

Ricardo y Lidia asienten, se lo han tomado bien, como una experiencia divertida con algunos sustos: los cristales que se rompían y las apariciones del gato y el vigilante. Para ellos, nada sobrenatural. Me alegro de que sea así.

—Seguro que mañana la clase tiene otro color —dice Claudia.

Nos abrazamos formando una piña y siento la fuerza de cada uno en mi corazón. Nos vamos despidiendo con un afecto que no existía antes de entrar en el palacio.

—Gracias por contar conmigo, aunque no sea de tu clase —me susurra Julio—. Eres una chavala valiente, me gustas.

Me acaricia el cabello y me clava esos ojos verdes que me resultan irresistibles. He recuperado del todo el calor de la vida.

—Tenemos que contarle esto a Elisa, ¿verdad, Ricardo? —oigo hablar a Carmen.

—Ahora no es buen momento —contesta—. Habrá que esperar a que se recupere.

Quique me coge de la mano y me acompaña a casa. Ahora que nos hemos quedado solos, tengo tanto que contarle que no sé por dónde empezar.

—¿Lo hemos conseguido? —me pregunta.

—No estoy segura —balbuceo—. Ellas… los niños…

—Yo solo he visto sombras alargadas, como llamas.

—El portal de dolor se ha cerrado, las visiones se transformaron. He visto a los niños reír…

—Entonces, se acabó.

—No todos se fueron. —Tiemblo al recordarlo—. El cura se ha quedado, no es una imagen congelada en el tiempo. Es un fantasma.

—Los fantasmas no existen —dice, pero su voz suena insegura.

Las calles del centro de la ciudad se muestran muy animadas esta noche, ningún año había visto tanta gente disfrazada. No hacemos más que cruzarnos con monstruos, así que no desentonamos vestidos de vampiros. Grupos de chicos se van haciendo fotos, ríen, se dan sustos y chillan.

—Estos no saben qué es una auténtica noche de Halloween —comenta Quique.

Miro alrededor, estamos rodeados de fantasmas, y no me refiero a gente que se esconde detrás de una máscara. La ciudad entera me parece el escenario de una novela de terror. No basta con huir del palacio, en cualquier esquina puede haber un espectro esperándome, ¿habrá forma de escapar?

CASTIGADOS

Desde la misma puerta de la clase puedo comprobar que el ambiente ha cambiado: las luces están apagadas, pero por las ventanas entra el sol a raudales. Oigo risas y veo caras felices. Lucía y Yala vienen hacia mí y me abrazan.

—Mira —dice Yala—, hasta los cristales están limpios. Parece otra clase distinta. Puede que tenga que ver con lo del palacio.

—Gracias a vosotras hemos conseguido acabar con el mal rollo — dice Quique, que ha llegado detrás de mí.

Me alegro, aunque no tanto como cabía esperar, sé que el problema de la clase está resuelto, pero el mío no. Aún me da miedo esa ventana y lo que me depare el futuro dentro de esta aula.

Claudia me mira y sonríe, la he visto entrar cojeando, pero rodeada de sus amigas. Ya no debería considerarla una enemiga, sino todo lo contrario. Supongo que les contará la aventura del viernes y quizá Quique y yo dejemos de ser para ellas un par de frikis.

—Ninguno va a olvidar esto —asegura Quique—. Ni siquiera Julio.

—Me alegro de que viniese —digo y me arrepiento de inmediato.

No quiero que interprete que Julio es especial para mí, más especial que él, porque no lo es. No sé a qué estoy esperando para decírselo. Presiento que no es tan sencillo como parece y temo más las consecuencias negativas de una declaración que el hecho de continuar como estamos. ¿Y si solo es un espejismo?

Las clases van discurriendo con tranquilidad. Hasta los profes se están dando cuenta, algo ha cambiado y no solo las bombillas, que lucen más que antes, y los cristales, que ya no están sucios. Nosotros también resplandecemos.

En el recreo he hablado con Carmen, está emocionada con la experiencia, incluso quiere repetirla, pero le he dicho que se acabaron las incursiones en el palacio. Si se enteran en el instituto o en nuestra casa, nos la cargaremos, y con razón.

Hoy el reloj de sol parece inofensivo, no es más que una pintada borrosa, unas cuantas rayas desdibujadas y cuatro palabras casi imperceptibles sobre una pared desconchada. Si no lo restauran y la pared sigue cayéndose, acabará desapareciendo de la vista de todos. A pesar de que me tiene obsesionada, en el fondo, lo lamentaré.

Alguien llama con los nudillos a la puerta de la clase y la abre; es Rafa y temo que venga a por nosotros.

—Penélope y Enrique, salid un momento, por favor —nos ordena.

Enfrentarme a la realidad me da menos miedo que a lo desconocido. Sé que nos va a regañar, pero nada puede ser peor que ver lo invisible.

—¿Qué hacíais el viernes en el edificio en ruinas? ¿Quiénes iban con vosotros? —nos suelta en cuanto cerramos la puerta.

—¿Nosotros? —Quique pretende parecer extrañado, pero no cuela.

—Sí, vosotros dos y otros siete —asegura.

Es inútil fingir, lo sabe todo, y lo único que podemos hacer es exculpar a los demás.

—El vigilante del palacio ha venido esta mañana a contarme que nueve chicos del instituto se habían colado la noche del viernes. Aunque no sabía vuestros nombres me dijo que dos iban disfrazados de vampiros. Desde una ventana del piso de arriba, os vi sentados en el claustro, supongo que esperando al resto. Me extrañó veros allí, así vestidos. Nunca imaginé que vuestros planes eran meteros en un sitio peligroso y prohibido. Ese edificio se está cayendo y podían haberos denunciado por entrar en una propiedad privada.

—Lo siento —balbuceo.

—¿Quiénes eran los demás? —me pregunta.

—Eso no lo voy a decir —respondo.

—Les liamos para que viniesen —interviene Quique—. Ellos no tenían ni idea de lo que íbamos a hacer. Los únicos responsables somos nosotros dos.

—Ellos no se merecen un castigo —añado.

—Pero vosotros, sí. Además, debió de ser muy divertido porque hay algunos que se han ido de la lengua y ya los tengo localizados —asegura Rafa—. Uno de ellos es un chico de Bachillerato, Julio, que se lo ha contado a media clase.

—No le castigues —le pido—. Y no se lo cuentes a nuestros padres. ¡Por favor!

Rafa me mira muy serio, luego suspira, como si dudase. Tenemos antecedentes y mi comportamiento le debe de extrañar.

Presiente que hay algo más detrás de esta excursión a las ruinas y quiere saberlo.

—Venid a mi despacho. Creo que tenéis mucho que contarme.

Debo medir mis palabras, Rafa podría ser un aliado y es lo que ahora necesito: alguien que me aleje de la ventana, del reloj de sol y de la sombra del cura con la antorcha que me perseguirá hasta que le haga caso.

—¿Qué pretendíais entrando ahí? —pregunta en cuanto entramos en el despacho.

—Es difícil de explicar —le digo.

—Inténtalo.

Quique me mira con extrañeza, como si me preguntara: «¿de verdad le vas a contar al jefe de estudios que tienes visiones?».

—Es el reloj de sol. Estoy obsesionada con él. Me produce pesadillas.

Quiero desahogarme, contar lo que me pasa, pero sin que me tome por una loca.

—Soñé que el reloj se iluminaba, que las palabras que hay escritas se veían completas y que salían fantasmas entre las ruinas del palacio. Por eso, en clase, me he mareado varias veces al acordarme. Me siento en la fila que está al lado de la ventana y me da miedo.

—Se me ocurrió que, para que ella viese que no pasaba nada en el palacio, lo mejor era entrar con un grupo de gente —improvisa Quique—. Así se le quitaría el miedo.

Rafa no parece muy convencido, nos mira con recelo, pero, al tiempo, algo me dice que comprende lo que le cuento.

—¿Y pasó algo? —pregunta—. Vuestros compañeros dicen que fue una experiencia un tanto… sobrenatural.

—Bueno —interviene Quique—. Se rompieron unos cristales, no sabíamos por dónde salir y pasamos un poco de miedo.

—¡Cámbiame de sitio, Rafa! —le pido, casi con desesperación—. No quiero seguir viendo visiones.

Quique me lanza una mirada de desconfianza, he hablado de más, aunque dudo que Rafa interprete mis palabras de manera literal.

—Es horrible ver visiones, ¿verdad? —dice, para mi sorpresa.

De pronto, lo comprendo, y un temblor inquieto me sube por la espalda. Recuerdo la frase escrita en la pizarra del trastero con la letra de Rafa: «¡Fuera de aquí!». ¿Acaso él también quería expulsar de su vista imágenes que no eran reales?

—Está bien —suelta como si quisiera espantar sus propios pensamientos—. No diré nada a vuestros padres, pero tendréis un castigo. Espero que no se os vuelva a ocurrir entrar en el palacio o seré muchísimo más duro. Hoy mismo hablaré con la tutora para que os cambie de sitio en clase, lo más lejos posible de la ventana.

—Gracias —susurro.

—Os vais a quedar todas las tardes de esta semana a limpiar el patio, empezaréis hoy mismo.

Salimos de allí, aliviados. Las consecuencias de nuestra osadía no han sido tan terribles y los demás se van a librar del castigo. Espero que el revuelo no llegue a mis padres, no necesitan más preocupaciones, mejor que no se enteren de nada. Quizá estoy siendo demasiado pesimista y realmente se hayan acabado de una vez las visiones. Lejos de la ventana me sentiré más tranquila y se acabará esta maldita obsesión.

UN RELOJ LEGENDARIO

Germán, el conserje, nos ha dado un par de escobas y unas bolsas de basura para que dejemos los patios relucientes. Hemos empezado por el claustro, donde hemos recogido unas pocas bolsas de patatas y algún envoltorio de bocadillo. Luego nos ha mandado a las pistas y allí hemos tenido más trabajo. ¡Qué guarros son algunos compañeros!

Se nos ve más animados, no hemos parado de hablar, y no de la suciedad del patio, precisamente. Quique me ha contado las sensaciones que percibió en la incursión al palacio. Solo vio unos reflejos, como llamas, que subían y bajaban en medio del círculo. No oyó ningún ruido extraño, hasta que estallaron los cristales. Yo le explico lo que percibí, con detalle, sobre todo la imagen del cura asomado al balcón repitiendo palabras en latín.

—Deberíamos preguntar a alguien que sepa traducirlo —me dice.

—Julio hace el Bachillerato Tecnológico, así que no sabe latín.

De nuevo siento que he hablado de más, me ocurre cada vez que nombro a Julio en su presencia. Noto en el rostro de mi amigo una mueca de disgusto leve, sutil, pero que percibo con claridad, y sigo sin saber cómo arreglarlo. Continuamos recogiendo papeles, callados, hasta que comprobamos que ya no queda ninguno.

—Creo que por hoy nos podemos ir a casa —dice Quique.

Armados con nuestras escobas y con un par de bolsas llenas de basura, nos acercamos a la conserjería, donde Germán se entretiene leyendo en los ratos libres que le dejan las visitas.

—Rafa me ha dicho que tenéis que estar hasta las seis y media —asegura—. Así que ahora id al patio de la capilla, ese suele estar más limpio porque los de la ESO no entráis, pero siempre habrá algo que recoger.

Protestamos: hasta las seis y media es mucho tiempo. ¿Acaso el instituto quiere ahorrar en limpiadoras? Nos da igual quejarnos, Germán da por finalizada la conversación y nos indica con un dedo la dirección que debemos tomar: la del patio de la capilla. Es el patio que linda con el palacio, donde está el reloj de sol. No quiero encontrarme allí cuando se haga de noche, y ya falta muy poco.

El patio nos recibe solitario: no hay alumnos ni profesores, ni siquiera papeles. Veo una bolsa arrugada en el centro y voy a acercarme a recogerla, pero Quique me agarra por el brazo y me detiene. Con un dedo en los labios me indica que guarde silencio. Inmóvil, aguzo el oído para comprobar que unas voces masculinas surgen de la zona del patio que no podemos ver. Nos acercamos sigilosos, pegados a la pared.

Son dos hombres, están discutiendo y no tardo en comprobar que uno de ellos es Rafa.

Me asomo aun a riesgo de que me descubran.

El otro es un hombre que no conozco, enjuto, de pelo blanco y de manos flacas que agita sin parar expresando su rabia.

—¡En este asunto el instituto no tiene nada que decir! —suelta el desconocido.

—¡No pueden colocar un andamio! —grita Rafa—. ¿Qué pretenden? Se van a cargar un reloj de 1760, una joya de gran valor histórico.

—Son órdenes del Ayuntamiento —contesta el otro.

—¿Y quién da las órdenes? —replica Rafa—. Usted, ¿verdad?

—No tengo por qué darle más explicaciones. Su influencia acaba en este patio; de la valla hacia dentro del palacio es asunto mío.

—Ese reloj pertenecía al Colegio Imperial.

—Pero ahora ya no existe ese colegio —corta el tipo canoso—. Y el reloj está en mi territorio, no en el suyo.

Parece que han dado por zanjada la conversación y escuchamos los pasos que se dirigen hacia nosotros. Corremos a escondernos en los baños, no es conveniente que nos encuentren ni que sepan que lo hemos escuchado todo. Por una rendija los vemos salir y respiramos aliviados.

—¿Te das cuenta? —me dice Quique—. Hay más gente obsesionada con ese reloj. Estoy seguro de que hay algo que no sabemos. ¿Por qué habrán colocado un andamio delante? ¿Y por qué Rafa se interesa tanto?

—Ya lo has oído, es una joya de gran valor histórico —recuerdo.

—¿Y cuál es en realidad ese valor? Tenemos que preguntárselo.

—Mejor que no vuelva a saber de nosotros en una temporada —aseguro.

—Quien más sabe sobre ese reloj eres tú —me dice, muy serio—. Debemos encontrar a alguien que sepa latín y enterarnos de lo que significa esa frase que te sabes de memoria.

—Será mejor olvidarlo —suspiro—. Estoy harta de todo esto. Me gustaría no volver a hablar de las ruinas ni volver a ver el reloj. Quiero aprobar el curso y así no voy a ser capaz. Quiero ser una chica normal no un…

No sé qué palabra añadir: ¿soy un monstruo? ¿Una loca de atar?

—Yo te quiero tal como eres.

La frase me ensancha el corazón, lo dice de verdad y lo ha demostrado. No sé qué contestar, porque él espera una repuesta que yo no estoy segura de saber. Mi silencio le desconcierta; a mí, también. Me cuesta analizar mis emociones, siempre me ha ocurrido. Nunca sé bien hasta qué punto quiero a alguien. Me pasa con mis padres: los adoro, pero no sé manifestarlo. ¿Sabré demostrarle mis sentimientos? ¿Estaré a la altura de lo que él desea? Quizá le quiero tanto que temo defraudarle. El silencio se puede cortar, se vuelve sólido, como un muro entre los dos. Solo yo puedo derribar ese muro: hablar y decirle que yo también le quiero, tal y como es.

—Yo…

El sonido de la puerta del patio me interrumpe, quien entra es Rafa y viene directo hacia nosotros.

—Germán me ha dicho que estabais aquí. —Se le ve azorado y nervioso—. ¿Desde cuándo? ¿No me habéis visto antes? He estado con un hombre…

—No —le corto.

—Sí —salta Quique.

Me sorprende que mi amigo quiera ponernos en evidencia, ¿qué pretende? Rafa nos mira sin saber qué pensar.

—Hemos oído la conversación —sigue Quique, dispuesto a poner las cartas sobre la mesa—. ¿Qué pasa con ese reloj? Queremos saberlo.

—Ya lo habéis oído —responde sin salir de su desconcierto—. Es muy valioso desde el punto de vista histórico porque tiene más de doscientos cincuenta años.

—Eso no es todo —salto yo, con fuerzas renovadas—. ¿Por qué ese tío del Ayuntamiento va a poner un andamio? ¿Qué anda buscando?

Veo la duda en su mirada. ¿Sabrá alguien más del instituto lo que ocurre? Percibo que Rafa se siente más solo que nosotros y, de alguna manera inexplicable, comprende que tenemos información que él desconoce. Los prisioneros de lo invisible debemos ser aliados.

—¿Sabéis guardar un secreto? —susurra, como si alguien más pudiera escucharle en el patio solitario.

—Es nuestra especialidad —aseguro.

Nos hace una seña para que lo sigamos, saca un manojo de llaves del bolsillo y se dirige a la capilla. Solo he entrado en ella una vez, hace un par de cursos, a una charla. Después, siempre la he visto cerrada. También tiene un gran valor histórico, como casi todo en el instituto, pero, además, es de una belleza impresionante. Supongo que se usa poco para que no se estropee y para que no nos quedemos helados, porque no tiene calefacción.

Rafa abre la puerta, dentro está oscurísimo, y nos dice que esperemos ahí quietos hasta que encienda las luces. Quiero ver la cara de Quique, que nunca antes ha entrado aquí, cuando descubra lo que hay escondido.

—Mira hacia arriba —le digo.

De pronto, se ilumina el interior y el rostro de mi amigo refleja sorpresa absoluta. El techo, decorado con pinturas al fresco, es un espectáculo de figuras, formas y colores. Me contaron, cuando entré por primera vez, que representa un pasaje del apocalipsis. Aparece una ciudad sobre una roca y el cielo con todos sus ángeles y santos. Un ángel lucha contra un dragón de siete cabezas, que expulsa fuego por una de ellas y barre las estrellas con su cola lanzándolas hacia la tierra.

Quique suelta una exclamación de sorpresa sin bajar la vista de la bóveda recién descubierta.

—Es una pasada, ¿verdad? —dice Rafa, orgulloso.

Se sienta con nosotros en el banco más cercano a la puerta. Quiere hablar sin testigos, por eso nos ha traído aquí.

—¿Sabéis algo de la historia del instituto? —nos pregunta.

—Que es el más antiguo de Madrid —respondo.

—Sí, y quizá de toda España. Hace más de cuatrocientos años que se dan clases en este mismo lugar. Al principio, fue el Colegio Imperial de los jesuitas y en él estudiaron personalidades importantes como Lope de Vega y varios premios Nobel de Literatura.

—Ya lo vimos en el museo —interviene Quique—. Es muy curioso.

—Nos interesa lo que pasó en 1760, cuando se construyó el reloj —quiero ir al grano.

—Está bien —suspira—. La fecha es aproximada, pero tuvo que ser antes de 1767, cuando los expulsaron de España. El rey Carlos III echó a los jesuitas del país, parece ser que se oponían a las reformas, y su influencia era grande, sobre todo porque monopolizaban la educación. Así que los curas tuvieron que abandonar el edificio, que pasó a convertirse en los Reales Estudios Superiores de Madrid. El reloj lo diseñó un jesuita del colegio, tuvo que ser un matemático con grandes conocimientos de astronomía. Tenían hasta un observatorio astronómico y una asignatura específica para construir relojes de sol que se llamaba Gnomónica.

—¡Qué divertido! —salta Quique—. Me habría gustado dar una asignatura así.

—En la orden de los jesuitas, la ciencia ocupaba un papel muy importante —continúa Rafa—. Eran grandes estudiosos y muy sabios. Sería una lástima que se perdiese este reloj, que es una muestra de su sabiduría. Es un reloj bastante extraño porque está orientado hacia el Norte, cuando lo normal es que se orienten al Este. El palo debería estar inclinado para que la sombra del sol se proyectara hasta las diez. Si os habéis fijado, es el último número que aparece dibujado.

—¿Solo daba la hora hasta las diez? ¿Y el resto del día? —pregunto.

—Debió de haber otro, en otro lugar, pero el edificio ha cambiado mucho: se han derribado muros, se han levantado otros... lo increíble es que haya aparecido este, de pronto, escondido detrás de una pared.

—Y las frases que hay escritas en latín, ¿qué significan?

Rafa sonríe y baja la vista, balancea el manojo de llaves y permanece en silencio.

—En sueños, he podido leerlas enteras —confieso.

Tal vez yo tenga la clave de un secreto que no se atreve a contarnos. Si no habla después de esta revelación, callará para siempre.

La reacción de Rafa me confirma que llevo razón: las llaves se le caen al suelo y el eco del ruido resuena en toda la capilla.

—Llevo meses intentando interpretar las palabras que no se han borrado con el tiempo —me dice en voz baja.

—¿Para qué? —pregunta Quique—. ¿Qué esconden esas frases?

—En los relojes de sol siempre ponían frases crípticas, extrañas, muchas veces relacionadas con el paso del tiempo, con la vida...

Se detiene y nos mira, como calibrando hasta qué punto puede confiar en nosotros.

—No podéis contárselo a nadie —dice al fin—. Tenéis que jurármelo.

Me asusta tanto secreto, lo que no se puede sacar a la luz siempre es peligroso o negro o terrible. Asentimos con la cabeza porque nos hemos quedado mudos los dos.

—Hay una leyenda relacionada con los jesuitas. Se dice que tenían un tesoro que no se pudieron llevar cuando Carlos III los expulsó. Lo escondieron en algún lugar del Colegio Imperial antes de marcharse, por si regresaban. Pero tardaron demasiado en volver, más de cincuenta años. Y nadie supo dar con él. Para aquel entonces, el reloj ya no se encontraba a la vista.

—Y crees que el reloj indica el lugar donde está el tesoro —deduzco.

—Por eso necesitas saber qué dice —añade Quique.

Sol mea contegit. Sequere umbram oculis tuos. Noli permittere thesaurum inveniri.

Recuerdo las frases que me repetía el espectro vestido de cura, me las sé de memoria aunque no desee repetirlas. Las dos primeras son las que brillaban escritas en el reloj. No sé latín pero en la otra frase hay una palabra que puedo traducir: *thesaurum*.

No hace falta haber estudiado latín para conocer su significado. Me da miedo pensarlo, un dolor agudo en la rodilla me avisa del peligro. No voy a revelar todo lo que sé.

—*Sol mea contegit. Irno. Sequere umbram oculis tuos* —digo mirando a Rafa—. Eso es lo que leí en mi sueño. Solo falta traducirlo, a ver adónde nos lleva.

Hablo en plural porque, a partir de ahora, nosotros también formamos parte de esta búsqueda. Rafa lo entiende así y asiente.

—Gracias —expresa con una sonrisa sincera—. Preguntaré mañana mismo a Arístides, el profesor de Latín, y os contaré qué significa. Pero me temo que no nos va a dar la respuesta exacta a lo que buscamos, ya os digo que los mensajes de los relojes solían ser difíciles de interpretar. Y ya podéis dejar de limpiar esto por hoy, creo que habéis cumplido… a pesar de que os habéis dedicado a espiar conversaciones más que a recoger papeles.

Para demostrarle que no es verdad lo que dice, le enseñamos las dos bolsas llenas que hemos recogido de los tres patios.

Nos despedimos de Rafa en la puerta del instituto, después de dejar la basura en el contenedor. Parece contento y, a la vez, inquieto después de haber compartido confidencias con nosotros. Él desea encontrar un tesoro perdido, pero yo solo quiero dejar de ver visiones. La lucidez sería el único tesoro deseable y para lograrlo no bastará con descifrar mensajes ocultos. Él solo tiene más preguntas y yo necesito a alguien que me dé respuestas. Alguien que también haya pasado por esto y haya conseguido escapar de los espectros. Tiene que estar más cerca de lo que pienso. Los prisioneros de lo invisible somos muchos, aunque ninguno sea capaz de confesarlo.

¿Es que alguien desearía mostrarse loco en un mundo de cuerdos?

ME AUXILIUM

Esta mañana he comprobado que un andamio metálico oculta en parte el reloj de sol, tal como nos contó Rafa. Lejos de sentir alivio, una inquietud creciente me asalta cada vez que dirijo la vista hacia la ventana desde mi nuevo puesto, en el otro extremo de la clase.

Entre tanto, Rafa sigue pendiente de lo que ocurre en las ruinas del palacio, lo he visto varias veces junto a la valla que separa el patio del edificio abandonado, observando a los obreros que trabajan en la obra.

No puedo dejar de mirar y me acerco a la ventana en el cambio de clase. Puedo ver a dos obreros picando en la pared, ante la atenta mirada del hombre canoso y flaco con quien discutía Rafa. Temo que destruyan por completo el reloj. De pronto, el tipo del Ayuntamiento habla por teléfono y enseguida empieza a dar gritos que no llego a entender. Ha debido de recibir la orden de parar las obras, pues el andamio comienza a ser desmontado. No parece muy contento. Desde las ruinas, subido sobre los escombros, empieza a despotricar y a hacer gestos de disgusto, aunque desde el aula no se escucha con claridad lo que dice. De pronto, mira en dirección al instituto y me descubre observándole. Me lanza una mirada retadora que me estremece, veo el odio y la avaricia en su rostro con más claridad que si lo hubiera leído escrito. Sé que ese tipo no se detendrá ante nada y sus ojos me provocan más inquietud que la aparición espectral del cura portador de la antorcha.

Me aparto de la ventana, asustada, y regreso pálida a la mesa del fondo para huir de las malas visiones.

—¿Qué te pasa? —me pregunta Quique, preocupado—. ¿Has visto algo raro en el palacio? ¿Por qué te arriesgas a asomarte, con lo tranquilos que estamos lejos de la ventana?

—No es lo invisible lo que me asusta hoy —le digo—. Es la realidad. El tipo ese del Ayuntamiento… no es buena gente.

—¿Estará buscando también el tesoro de los jesuitas?

—Estoy segura. Pero sabe bastante menos que nosotros —aseguro.

—Tampoco sabemos demasiado. Rafa ni siquiera nos ha contado qué significan las frases en latín y estoy convencido de que ya se las habrá traducido Aris —dice con fastidio.

Evito contarle que el espectro del jesuita me ha dicho algo más, aunque yo solo entienda una palabra: *thesaurum*. Sin duda, aquel aparecido pretende que yo evite que el tipo canoso robe el tesoro escondido. Da miedo pensarlo.

Esta tarde es la última del castigo. Al final, más que una sanción ha sido un consuelo. Me ha resultado tranquilizador pasar las tardes con Quique recogiendo papeles y charlando al mismo tiempo, sin visiones, sin padres alrededor, sin nadie más.

A pesar de que la confianza es creciente, no hemos vuelto a hablar de nuestros sentimientos. El asunto late entre los dos con la consistencia de los sueños y Quique permanece expectante ante mi silencio. Pensará que no le quiero lo suficiente y tal vez esa sea la respuesta. Quizá yo busqué su mano cuando las visiones me asaltaban y solo su voz ahuyentaba los malos presagios. Ahora que la realidad se ha impuesto y los fantasmas parece que me han dejado en paz, me cuesta ver en él algo más que un amigo. Soy una egoísta.

Solo nos falta limpiar el patio de la capilla, ya hemos llenado una bolsa entera en las pistas y Quique se ofrece a tirarla al contenedor, mientras yo aprovecho para ir al baño.

El patio está desierto, como siempre a estas horas. Me acerco a la valla que lo separa de las ruinas del palacio y compruebo que la han arreglado, ya no podríamos colarnos por ningún agujero. Seguro que el vigilante dio la voz de alarma y la han reparado enseguida. No me atrevo a levantar la vista hacia el reloj estando aquí sola, aunque lleve semanas sin alterarse ante mi presencia.

Una ráfaga de aire repentina hace volar la bolsa de plástico que llevo entre las manos y corro tras ella. El viento ha traído un frío inesperado, que me hace tiritar, y un olor peculiar que me sobrecoge: huele a incienso. Ante la puerta de la capilla distingo una sombra negra, como un bulto informe y desdibujado. Intento huir, pero una fuerza magnética me empuja hacia la capilla, como el viento que arrastra la bolsa de plástico.

La imagen confusa comienza a perfilarse con claridad ante mí. Sé quién es: el cura con la antorcha en la mano me mira con su ojo sin párpados. Tiemblo de los pies a la cabeza.

—*Noli permittere thesaurum inveniri* —me dice.

Alarga la mano libre hacia mí, en señal de súplica, se acerca tanto que puedo contemplar los surcos de su rostro desfigurado. Ha pronunciado la palabra tesoro y tiene tanto miedo como yo, aunque por motivos distintos. No permitir... tesoro... intento traducir. No comprendo por qué se dirige a mí en latín.

—¿Qué quiere que haga? —le digo con un hilo de voz.

—*Sequere umbram oculis tuis. Aspice horologium, sequere lineam perpendicularem.*

Repite las mismas palabras una y otra vez, como para asegurarse de que las recordaré.

Siento cada vez más frío y mi cuerpo no responde al deseo de huir, prisionero de las sombras que no existen.

—No entiendo el latín —consigo pronunciar.

Agita la antorcha de un lado a otro y saltan chispas de la llama rojiza. Es un fuego irreal porque sigo tiritando y mis manos continúan heladas.

—*Me auxilium* —suplica.

Su mirada no transmite odio ni avaricia, solo compasión. No es como la mirada retadora del hombre canoso y sé que busca mi ayuda de manera desesperada. Nadie más puede auxiliarle.

Noto un sopor extraño, los ojos se me cierran y la imagen del hombre va desapareciendo, arrastrada por ráfagas de viento que parecen surgir del suelo. Me fallan las fuerzas y las piernas no me sostienen. Siento el golpe de la rodilla herida contra los escalones de entrada a la iglesia. Me tapo la cara con las manos para no ver más.

La voz de Quique me habla, pero sigo con los ojos cerrados y no comprendo lo que dice. Su mano cálida en mi hombro hace que entre en calor, el frío se ha esfumado y también el olor a incienso. Me ha encontrado tumbada sobre los escalones de la capilla y estará tan asustado como yo.

—Sácame de aquí —logro pronunciar.

Me abraza y, con gran esfuerzo, conseguimos alcanzar la puerta y escapar del patio. Estoy tan impresionada que no me siento capaz de contarle nada. Aún no.

—¡Menos mal que esta era la última tarde de castigo! —le oigo decir.

—No te engañes. Esto no ha hecho más que empezar.

Quique no acaba de comprender mis palabras, pero no hace preguntas, está más preocupado por sacarme de allí que por entender qué me ha ocurrido. Llegamos al claustro de piedra y compruebo que ya es noche cerrada. ¿Cuánto tiempo ha durado la visión? Bajo los arcos del claustro distingo a una pareja besándose, me extraña que hayan elegido este lugar, aunque si buscaban soledad, la han encontrado. Reconozco el cabello rizado de Ricardo y, al pasar junto a ellos, levantan la vista y nos saludan. La chica es Elisa, la hermana de Carmen. Se la ve contenta y me extraña porque Carmen me dijo que su hermana estaba fatal y que la relación con Ricardo no iba del todo bien.

Elisa me mira con la misma curiosidad que yo a ella y me da la impresión de que mi aspecto no le pasa desapercibido.

—¡Eh! ¡Peny! —me llama—. ¿Qué tal estás?

Me acerco a saludarla y nos miramos al fondo de los ojos. Dentro de ellos me reflejo con claridad y me asalta el recuerdo de su rostro aquella tarde saliendo de la biblioteca.

—¿Qué te pasa? —me pregunta alarmada.

—Se ha mareado un poco —explica Quique—, estábamos recogiendo papeles en el patio de la capilla. Nos han castigado.

—Carmen y Ricardo me han contado lo de la noche de Halloween —me dice Elisa.

—Fue flipante —asegura Ricardo.

Elisa no deja de observarme, como si deseara leer en mis gestos lo que mi voz no se atreve a confesar.

—Estoy segura de que mi hermana y los demás no se enteraron de todo lo que pasó allí. ¿No es verdad?

La pregunta me provoca un escalofrío porque me asalta una sospecha: quizá ella también haya sufrido la persecución de los espectros, por eso lee en mi cara las huellas del miedo. Puede ser la única salvación: revelarle mi terrible realidad y esperar que sepa cómo ayudarme.

—Veo cosas… —balbuceo.

—Que nadie más puede ver —completa ella.

—Y tengo miedo. Hay una visión que sigue persiguiéndome.

—Alguien que necesita ayuda —asegura Elisa.

—Creo que sí, aunque no entiendo lo que me dice porque me habla en latín —confieso.

—¿Quién es?

—No estoy segura. Parece un cura, de los que daban clase aquí en el siglo XVIII.

—Te habla en latín porque esa era la lengua que se usaba en este centro para dar clases y hasta para hablar en el patio. Los alumnos estaban obligados a hablar siempre en latín —explica.

—Creo que es algo relacionado con un tesoro —les revelo.

Quique me mira sorprendido, no le había contado esa parte de la historia y quizá piense, con razón, que no he confiado en él.

—Yo doy Latín, pero aún sé muy poco. Tengo una amiga en segundo, Marién, que os lo podrá traducir. Si me das el texto yo se lo pasaré, te prometo que lo tendrás pronto —se ofrece Elisa.

Ricardo, que no parece demasiado sorprendido por la conversación, saca un cuaderno de la mochila y me lo tiende. Seguro que Elisa le habrá contado y él la habrá creído. No me extraña que lo besara con tanta pasión: encontrar a alguien que esté dispuesto a creer que ves fantasmas es una auténtica prueba de amor.

—Escribe aquí lo que te ha dicho —me pide—. Marién lo traducirá.

Anoto las palabras que he visto escritas en el reloj e intento transcribir lo que he oído decir al cura de la antorcha, aunque no estoy segura de que se escriba de igual manera.

Le doy el papel a Elisa y ella me mira con un aire de preocupación que no puede disimular.

—No será fácil —me dice.

—¡Seguro que sí! —salta Ricardo—. Marién es una empollona y le encanta el latín, sabrá traducirlo.

—No me refiero a eso —añade ella.

El tono de su voz me asusta, hay algo que yo no sé y ella sí. Algo que preferiría no saber.

—Yo he ayudado a un fantasma —confiesa—. Ha sido lo peor y, a la vez, lo mejor que me ha pasado en la vida.

Tiemblo, deseo escuchar su experiencia, pero temo que su confesión aniquile el escaso valor que he logrado acumular.

—El espectro estaba en la biblioteca —continúa—. Había perdido la memoria, ni siquiera recordaba su nombre, y necesitaba saberlo para descansar en paz. Le he ayudado a recordar.

Cualquiera que escuche esas mismas palabras pensará que Elisa nos toma el pelo o que está loca de atar. Yo sé que no miente, Quique también lo sabe y Ricardo la ama lo suficiente como para no cuestionarla.

—Debo advertirte de algo muy grave —se detiene, como si dudase—. Si decides ayudarle, otros espectros vendrán a por ti, a pedirte ayuda. Tu vida se convertirá en una pesadilla.

Tiemblo de frío y de miedo porque reconozco la verdad en la advertencia. Será horrible sentirse perseguido por una legión de fantasmas necesitados de ayuda. ¿Habrá forma de volver atrás?

—¿Y si no lo hago? ¿Qué hacer para acabar con la maldición? —me tiembla también la voz.

—Siempre hay una manera de dejarlo, pero no es fácil de descubrir. Hay que transformar el origen de las visiones, cambiarlo de lugar. ¿Dónde ves al fantasma?

—En el patio de la capilla —le cuento—. Sale del reloj de sol que hay en la pared. ¡No se puede quitar de donde está!

—Ya sé qué reloj dices, ese que ha aparecido al caerse el edifico de al lado. Entonces, tu liberación tendrá algo que ver con el reloj, quizá destruirlo.

—¡No puede ser! Tiene un gran valor. Además, ese cura fue quien lo construyó, estoy segura.

—Puede que haya que hacer todo lo contrario: restaurarlo para que no se pierda —conjetura—. De todas formas, si le ayudas y lo consigues, tendrás un tiempo de tregua en el que las visiones y los fantasmas te dejarán en paz. Después, lo olvidarás todo. Yo estoy en ese tiempo de tregua, en cuanto haga lo que tengo que hacer ya no le recordaré.

Suspira como si fuese a echar de menos la presencia inquietante y terrorífica de un espectro. Me gustaría saber más, pero debe de ser algo demasiado personal para confesarlo.

—No estoy segura de querer seguir adelante —musito—. Me da miedo.

—Si decides hacerlo, tendrás que ser valiente, aunque sé que lo eres. Lo del otro día, dentro del palacio abandonado, debió de ser espeluznante y pudiste con ello.

—Porque no estaba sola —añado.

—¿Ves?, ahí tienes la solución. Date prisa en cumplir lo que te pide ese espectro. Yo tardé demasiado y no pedí ayuda, eso fue lo terrible. Pero tenía mis motivos —suspira, de nuevo.

—Gracias —le digo.

No imagina cuánto me ha reconfortado su sinceridad, aunque lo que me ha descubierto dé más motivos para el miedo que para la alegría. Sin embargo, saber que no se está solo en la adversidad y en el miedo reconforta.

—Esta misma noche le paso las frases a Marién para que las traduzca —asegura—. No tengas miedo, Peny, en el fondo eres afortunada, vives una experiencia única, reservada solo a unos pocos.

—A los prisioneros de lo invisible —añado.

—¡Me gusta el nombre! —Sonríe—. Yo me siento orgullosa de ello, aunque haya pasado terror, aunque no se lo pueda contar a casi nadie, aunque se me olvide dentro de unos días. Lo escribiré para recordar que una vez ayudé a alguien maravilloso que me necesitaba de verdad. ¡Y sin Ricardo no lo habría logrado!

Se besan y me da una cierta envidia. Saben que se necesitan y también que se aman, daría cualquier cosa por una certeza semejante. ¿Llegaré a querer a Quique de la misma manera? ¿Podré ayudar al espectro que me reclama? ¿Tendré valor o me fallarán las fuerzas?

Hoy solo me habitan incertidumbres.

DESCIFRAR EL JEROGLÍFICO

Elisa ha cumplido su promesa y, solo tres días después de revelarme su secreto, hemos quedado en el patio a la hora del recreo. Para asegurar la confidencialidad, nos apartamos a una zona discreta.

—Te he traído eso —dice tendiéndome un papel—. Marién tenía algunas dudas, sobre todo con la frase del reloj. Según me ha explicado, la palabra «Imò» se puede interpretar como «sí, por cierto» o «no, por el contrario». Le ha costado traducirlo y no está segura de que esté bien del todo.

Leo en alto lo que hay escrito en el papel: «¿El sol esconde mis cosas? No, por el contrario / Sí, en efecto (y), oculta la sombra los tuyos».

No entiendo nada. Rafa tenía razón: los mensajes de los relojes de sol son misteriosos, complicados de interpretar.

—El resto parece más claro —añade—. Tiene más sentido.

«Sigue la sombra con tus ojos. No dejes que encuentren el tesoro. Mira el reloj, sigue la línea perpendicular».

Tampoco adivino el significado escondido en estas palabras. ¿Qué debo hacer? ¿A qué sombra se refiere? Imposible resolverlo yo sola. Le doy las gracias, aunque mi rostro refleja la incertidumbre y quizá la decepción ante un mensaje tan incomprensible.

—Ten cuidado —me advierte antes de que nos despidamos—. Si hay un tesoro de por medio, habrá más gente dispuesta a buscarlo. Puede ser peligroso, aunque seguro que tu espectro no ha encontrado a nadie más dispuesto a ayudarlo. La información que tienes es única, úsala bien. Y no lo hagas por encontrar un tesoro, hazlo por ayudar a una persona que murió sin haber alcanzado la felicidad. Es alguien que no puede descansar en paz porque dejó un asunto inconcluso.

Se me ponen los pelos de punta, como si un viento helado hubiese rozado mi cara. No debo dejar a Quique al margen y, además, él podría ayudarme a descifrar el jeroglífico. Si no lo logramos, me espera un fututo de pesadillas más allá de los sueños. Buscaré ese tesoro porque no me queda más remedio: el cura muerto en el siglo XVIII me ruega que evite que otros lo encuentren. ¿A quién se referiría? ¿Solo al tipo del Ayuntamiento o también a Rafa? En este momento, cualquiera me parece sospechoso.

Esta misma tarde, he invitado a Quique a casa y le he enseñado el papel de Marién con las traducciones. Se ha mostrado entusiasmado y no le ha parecido tan complejo como a mí descifrar el mensaje.

—Seguro que el tío del Ayuntamiento ha traducido las pocas palabras que se ven y ha llegado a la conclusión de que es el propio reloj el que oculta el tesoro. Como si las «cosas» que oculta se refiriesen al tesoro. Por eso estaban el otro día picando en la pared —supone.

—Tiene sentido —asiento—. Aunque esa pared está pegada a la capilla y poca cosa se puede ocultar ahí. Lo único que conseguirá es cargarse el reloj y las pinturas de la capilla.

—La clave está en la sombra que proyecta el reloj, hay que seguirla y trazar una línea perpendicular —asegura—. Tiene que ser eso, pero en el siglo XXI la sombra es imposible de ver porque al reloj de sol le falta el palo.

—Yo sí lo veo —digo—. Veo el reloj completo y la sombra que proyecta.

—¡Está claro! —grita, emocionado—. Por eso el espíritu ha recurrido a ti. Eres la única que puede averiguarlo antes de que otros lo hagan.

—¿Por qué confía en mí? Quizá porque quien está buscando el tesoro lo hace para ganar dinero y yo ni siquiera me lo he planteado así.

—Hay muchas clases de tesoros —dice mirándome a los ojos—. Los que de verdad importan no tienen nada que ver con el dinero.

Esquivo su mirada y clavo la vista en las baldosas del suelo.

—Tendremos que ir al patio a las diez de la mañana —cambio de tema—. Es el número máximo que marca el reloj. A esa hora estamos en plena clase.

—Nos inventaremos algo —propone—. Es posible que no coincida la hora con la de entonces, es decir, con la hora solar. Habrá que investigarlo. Tendrá que ser un día que haga sol. También tendré que llevar un plano del instituto, un compás, una regla…

—¿Para qué? —no logro entender.

—Para trazar la perpendicular, ¿no lo ves? El cura te ha dicho que sigas la línea perpendicular de tu sombra. Tenemos que comprobar qué sitios hay en esa línea y buscar en ellos.

—¿Estás seguro de que esa es la interpretación?

—No, pero debemos probar. No hay otra manera.

Hace sol, son las doce menos tres minutos y estamos en el patio de la capilla. Quique se ha inventado que debíamos llevar un trabajo a la profe de Biología y ha colado, es un genio, y además pone cara de bueno para que le crean. Ha descubierto que nuestro horario va dos horas por delante del sol, así que las doce del siglo XXI son las diez en realidad, como era en el siglo XVIII.

Estoy inquieta, aunque menos asustada que otras veces, cuando sabía que me iba a enfrentar a lo invisible. Hoy sí deseo que el reloj aparezca ante mí tal y como era cuando se construyó.

Me he alejado unos metros de Quique y me he plantado frente al reloj para observarlo bien. Parece mentira que un trozo de pared desconchada y vieja esconda tanto.

Compruebo que los rayos del sol se concentran en el muro, como si los atrajese con fuerza. Las líneas negras se vuelven nítidas, como recién pintadas, se iluminan y asoma ante mis ojos lo que nadie más puede ver. Leo las dos frases completas, desaparecen las grietas de la pared y surge en el centro el gnomon que señala el Norte.

La sombra delgada del palo marca las diez en el reloj de sol y desciende, muro abajo, hasta el patio. Sigo su estela y sitúo mis pies sobre ella.

«Sigue la sombra con tus ojos».

—¡Es aquí! —le digo a Quique.

Se acerca y traza una línea con tiza en el suelo señalando la sombra que mi cuerpo proyecta.

Él habla, escucho su voz a lo lejos, pero no logro entender lo que dice. La fuerza del reloj se ha apoderado de mí, pero esta vez me regala una caricia cálida. Los rayos del sol calientan mi rostro, como durante los veranos en la playa; el miedo se esfuma transformado en una placidez adormecedora.

—*Gratias plurimas.*

Escucho la voz del cura dentro de mi cabeza y desciendo la vista hacia la puerta de la capilla. Ahí está, con la antorcha en la mano, pero ya no me da miedo porque sé que no me va a hacer daño. No es una amenaza lo que se cierne sobre mí, sus palabras son de agradecimiento. Sabe que estoy con él, que voy a ayudarle aunque me cueste más de una pesadilla.

—*Gratias plurimas* —repite.

No sé cómo responderle en latín, lo verá escrito en mi rostro.

—Tenemos que volver a clase.

Quique me habla y me zarandea, para despertarme de este sueño que no lo es.

—Ya lo tengo. —Me sonríe cuando comprueba que he «regresado»—. La perpendicular completa pasa por varios sitios, la he trazado en el plano. Solo queda buscar.

Nos abrazamos y le transmito el calor que me han dejado los rayos de sol reflejados en mi piel. Empiezo a pensar que todo tiene sentido: las visiones, el miedo, el espectro que me da las gracias y, sobre todo, la presencia de Quique en mi vida.

—¿Qué hacéis aquí a esta hora?

Nos separamos de golpe y vemos a Rafa delante de nosotros, quiere parecer enfadado, pero una sonrisilla burlona se escapa de sus labios. ¿Cómo lo hace para estar en todas partes y pillarnos siempre?

No sabemos qué contestar, no hay ninguna respuesta válida, ninguna excusa convincente. Quique esconde en la espalda, de forma precipitada, el plano. Si pretendía disimular, lo ha hecho muy mal, pues ha dado a entender que desea ocultarlo. Me extraña que sea tan torpe.

—Trae lo que tienes ahí —le ordena.

Mi amigo le tiende el plano del instituto, donde ha trazado la línea perpendicular a la sombra del reloj.

—¿Qué quiere decir esto?

Nada más formular la pregunta, Rafa levanta la vista hacia el reloj y lo comprende todo.

—Vamos al despacho ahora mismo —suelta nervioso.

Le seguimos en silencio. Quique me hace un gesto para que me tranquilice, está claro lo que pretende: contar con la complicidad de Rafa, algo que yo no tengo muy claro. Ahora me doy cuenta de que su gesto repentino para ocultar el plano ha sido premeditado.

—No imaginé que sabíais tantas matemáticas —nos dice—. De otra manera es imposible acertar dónde se refleja la sombra del reloj a las diez de la mañana.

Una vez dentro del despacho, Rafa cierra la puerta con llave, algo que nunca antes le había visto hacer. Es evidente que lo que nos traemos entre manos es un secreto comprometedor, cuando no peligroso.

—¿Qué habéis adivinado? —nos pregunta sin rodeos.

—Nos han ayudado a traducir las frases del reloj —le explico—. Hemos recurrido a una alumna de segundo, ya que tú no nos has contado nada.

—Tenéis razón —admite—. Pregunté a Aris la traducción de las frases, pero aún no sabía cómo interpretarlas. Debí contar con vosotros, que por lo visto sois más listos que yo.

Habla de corazón, lo sé. Igual que sé que el cura de la antorcha, muerto hace más de dos siglos, me necesita. Por eso hablo sin temor a ser traicionada.

—Tuve otro sueño —le cuento—. Se me apareció un cura, todo vestido de negro, y me habló en latín. Me dijo que siguiera la sombra del reloj, en perpendicular. Ahí está el tesoro.

Rafa se remueve en el asiento, no da crédito a lo que le estoy contando pero, a la vez, necesita creerme. Lo sé.

—Es solo un sueño —balbucea.

—Es lo único que tenemos —interviene Quique.

—¿Cómo has calculado el lugar donde se proyecta la sombra? —le pregunta.

—Ella... —dice, señalándome—. Es capaz de ver más...

—En mi sueño lo vi con claridad —le interrumpo. No quiero que Rafa sepa demasiado o que me tome por loca.

—Solo tuve que trazar una línea con tiza en el suelo...

—¿Una línea? —pregunta Rafa alarmado—. ¿Y la has borrado luego?

—No, has aparecido tú y...

—¡Vamos ahora mismo! ¡Hay que quitarla! —exclama—. El encargado del Ayuntamiento no debe verla, él también va tras el tesoro. Hace días ordenó picar en la pared, pensando que estaría detrás.

—*Sol mea contegit* —digo—. Seguro que creyó que el mismo reloj de sol escondía el tesoro.

—Pero ahí detrás solo está la pared de la capilla —completa Quique.

Salimos precipitadamente del despacho. Nos cruzamos con Isabel, la directora, que se dirige a Rafa, pero este le dice que ahora no puede detenerse y corremos hacia las escaleras. La directora nos mira, estupefacta.

Alcanzamos el patio de la capilla en un tiempo récord y llegamos jadeantes. A pesar del esfuerzo, aparecemos demasiado tarde. No estamos solos, hay alguien más aquí. Encima de la línea trazada con tiza, el tipo del Ayuntamiento hace fotos con su móvil. Se da cuenta de nuestra presencia y alza la vista.

Una sonrisa malvada y burlona ilumina su despreciable cara. Ya sabe tanto como nosotros.

LOS ESPECTROS ME PERSIGUEN

Me da miedo salir de casa. Después de la última aparición del cura con la antorcha, la realidad se ha transformado por completo. Ya me lo advirtió Elisa, quizá entonces no la creí del todo. No pensé que las calles del barrio fuesen a convertirse en el escenario de una película de terror; lo malo es que no se trata de una película. Son mis ojos que ven, cuando estoy despierta, imágenes sacadas de las pesadillas.

Hace días que veo sombras que transitan por las aceras, espectros de contornos borrosos que me miran suplicantes. Mis piernas son más rápidas, el terror me ha dado alas, y puedo huir a refugiarme en la seguridad de mi casa.

Intento caminar con los ojos pegados a las baldosas del suelo, si levanto la vista corro el riesgo de comprobar que oscuras formas difusas se acercan a mí, implorantes. Ayer mismo, divisé a lo lejos un edificio en llamas en la calle Toledo. Nadie parecía darse cuenta: la gente caminaba ajena a la catástrofe. Cuando distinguí figuras humanas entre las llamas, corrí sin parar hasta que alcancé el portal.

Voy del instituto a casa y viceversa, casi siempre acompañada por Quique. Cuando él está el miedo se encoge, porque trae algo de luz a mi vida. Le necesito para respirar y no sé si eso es amor o necesidad. Hace tiempo que no me hace preguntas directas ni comentarios indirectos, debe de haberse rendido a la evidencia: mis muestras de afecto, los abrazos que me devuelven el calor de la vida, los besos fugaces que me atan a la realidad, no son más que señales de afecto, de amistad sin más. Siento que él desea otra relación, pero yo no puedo dársela, sería engañarlo. Quizá algún día, cuando las pesadillas acaben, cuando deje de ser prisionera de lo invisible, consiga saber si de verdad le quiero.

Oigo a papá trastear en la cocina, se aburre solo en casa. Yo no soy una buena compañía, cada vez lo soy menos. Intuye que me ocurre algo, pero no se atreve a insistir, siempre le contesto mal y prefiere ignorar mi preocupación a que nos enzarcemos en otra discusión absurda.

—Pulga, necesito que me hagas un favor.

Ha entrado sin llamar, debería haber cerrado la puerta con el pestillo, aunque él odie que lo haga. Más odio yo que aparezca de pronto sin pedir permiso.

—Estoy haciéndote una tarta —me cuenta—, de esas de crema y chocolate que te gustan tanto. A ver si se te quita esa cara de acelga que tienes últimamente.

—¡Ja! —Río sin ganas—. ¡Qué pesadito estás con la repostería! Mamá protestará, dirá que se va a poner gorda por tu culpa.

—Tu madre nunca será gorda —replica—. Ni tiene cara de acelga, como tú.

—Dime de una vez qué quieres —le apremio—. ¿No ves que estoy estudiando?

—Necesito levadura, se me ha acabado; ¿podrías ir al mercado a por ella? Ya he empezado a hacer…

—No pienso salir de casa —le corto.

—Por favor —insiste—. Así te aireas un poco, que llevas ahí metida toda la tarde. Igual que ayer, que anteayer, que la semana pasada…

—No.

—¡Cómo puedes ser tan estúpida! —suelta enfadado.

—¡Déjame en paz! —grito tan airada como él.

—Me tienes harto, no sé qué te ocurre, pero cada vez estás más rara. Será la maldita adolescencia, como no se te pase pronto vas a acabar conmigo.

—¡No exageres! —grito—. Y si tanto te molesto, mejor me largo y discutes con las paredes.

Agarro el abrigo, salgo y doy un portazo. Mi padre me saca de quicio, no sé cómo lo hace, pero, últimamente, siempre acabamos peleándonos. Abandono el portal y un viento helado me recibe en la calle. Ya es tarde para dar marcha atrás, quedaría como una idiota que reconoce que se ha equivocado. Ahora me toca enfrentarme a algo peor que las discusiones con papá. La idea de pasear sin rumbo por el barrio me aterra, será mejor hacer el encargo: le compraré la levadura y así no le quedará más remedio que pedirme perdón, él a mí.

Me acerco a la plaza de la Cebada, a estas horas hay bastante ajetreo en el barrio: gentes que van y vienen sin miedo a cruzarse con lo invisible. Procuro caminar con la vista puesta en los zapatos y abstraída en mis pensamientos. Quizá el enfado que me sube hasta la garganta ahuyente a los espectros implorantes.

—¡Chica, a ver si miras por dónde vas!

Tropiezo con alguien que me increpa. Es una señora con un niño en brazos, que me mira con los ojos muy abiertos. No sé qué responder, a punto he estado de hacerlos caer. Ni siquiera me disculpo, aligero el paso y miro al frente.

Una ráfaga de aire fío me hace temblar y un penetrante olor a incienso llena mis pulmones. Veo lo que no quiero ver. Frente a mí hay un palo de madera muy alto, es una horca, igual que las que dibujamos en la pizarra cuando jugamos en clase a adivinar palabras, pero esto no es un juego. De una soga cuelga un hombre que se balancea con el rostro enrojecido y los ojos fijos.

—Fue el siete de noviembre —le oigo hablar—. ¡Qué infamia! ¿Por qué me insultan cuando yo he luchado por su libertad?

No quiero seguir escuchando, me tapo los oídos, cierro los ojos, pero es inútil. Solo me queda huir. Doy media vuelta y corro lo más veloz que puedo de vuelta a casa. Tropiezo con la gente que camina sin miedo por la calle Toledo y el portal, mi refugio, parece alejarse conforme me acerco. Un rumor de gente exaltada me persigue, temo que me alcancen y me hagan caer al suelo.

Llego jadeante y cierro de golpe, siento que una fuerza invisible empuja la puerta, oigo los lamentos de quienes se han quedado fuera: sombras siniestras que buscan la salvación.

Ni siquiera me atrevo a coger el ascensor, por si alguno ha logrado entrar, no soportaría quedarme encerrada dentro con un fantasma atormentado. Subo las escaleras de dos en dos, empujada por la fuerza del miedo.

Abro la puerta de casa y me precipito hacia mi habitación sin decirle nada a papá, que me mira atónito desde el pasillo. Cierro la puerta con el pestillo de manera ruidosa, no quiero que entre nadie, ni vivo ni muerto. Me tumbo sobre la cama y miro al techo, espero que se calme mi corazón desbocado. Temo que el perfil del ahorcado aparezca reflejado en el techo, pero la única imagen que veo es la sombra amarillenta de una antigua gotera. En mi cabeza resuenan las palabras del espectro: «Fue el siete de noviembre».

La curiosidad me puede y me acerco al ordenador dispuesta a descubrir a quién ajusticiaron en la plaza de la Cebada en esa fecha. La tecleo y añado la palabra «ahorcado». Aparece la respuesta al instante: Rafael del Riego, militar y político liberal, defensor de la Constitución de 1812. Encabezó un pronunciamiento contra Fernando VII en 1820 que dio lugar al trienio liberal. El rey consiguió acabar con los liberales con ayuda europea. Riego fue condenado a muerte y ahorcado en la plaza el 7 de noviembre de 1823, luego le cortaron la cabeza.

Reconozco su rostro en el retrato que veo en la pantalla: el mismo cabello oscuro, la nariz aguileña, la mirada penetrante... incluso conozco el timbre de su voz. Tiemblo de frío y de miedo. Es una historia terrible la de este hombre, pero no puedo dar marcha atrás en el tiempo y salvarle la vida. Ni siquiera me siento capaz de responder a la pregunta que le asaltaba como una condena mientras colgaba de una soga en la plaza de la Cebada. ¿Quién puede insultar a alguien que ha luchado por la libertad del pueblo?

Lo que Riego nunca supo es que, después de su muerte, ha pervivido en la memoria popular como un héroe mítico de la resistencia por la libertad. Quizá sea eso lo que necesita saber, pero yo no estoy dispuesta a regresar a la plaza y enfrentarme a su sombra de condenado.

Unos golpes en la puerta me sobresaltan, temo que sea el propio Riego que llama mi atención. He olvidado que pertenezco al mundo de los vivos y estos también me reclaman.

—Peny, ¿estás bien?

Es la voz de Quique, sin verle la cara sé que está preocupado. Ni siquiera he oído el timbre de la puerta. Papá le habrá contado que he vuelto a casa descompuesta y le habrá pedido que intente mediar entre los dos. No imagina que la discusión de antes ha desaparecido de mi memoria, engullida por terroríficas visiones.

Abro una rendija de la puerta y me asomo temerosa de que mi padre se encuentre también allí plantado. Quique me mira con esa cara de preocupación que conozco a la perfección. Le he dado demasiados motivos desde que me conoce para mirarme así. Le hago entrar y cierro deprisa, antes de que papá aparezca también.

—¿Qué te ha pasado? Tienes a tu padre preocupadísimo.

—¿Preocupado? Querrás decir, enfadado —replico.

—Te equivocas. Sabe que te pasa algo grave que no quieres contar, me ha estado preguntando...

—¡Vaya! —suelto indignada—. Así que ha intentado sonsacarte.

—No eres justa con quienes nos preocupamos por ti —se queja.

Tiene razón, pero me niego a reconocerlo.

—¿Qué le has contado? —sigo con tono agrio.

—Solo tú puedes decirle la verdad. Estoy convencido de que te creería.

—La verdad es cada vez peor. —Mi voz suena a derrota.

—¿Qué has visto ahora? ¿Por eso has subido tan pálida de la calle?

—En la plaza de la Cebada ahorcaban a la gente… —balbuceo.

Las lágrimas me aprisionan la garganta y me impiden seguir hablando. Quique me atrae hacia sí y no evito el contacto de sus brazos, que me parecen tan poderosos como los de los superhéroes del cine: me salvan de la locura.

—Acabaremos con esto —susurra en mi oído—. Te lo prometo.

Hay un breve silencio, quiero disfrutar de la calma que me regala, y los latidos del corazón se van pausando. Oigo que la lluvia bate contra los cristales de la ventana.

—¿Qué hay que hacer para que los muertos me dejen en paz? —me pregunto en voz alta sin despegarme de Quique.

Intento recordar lo que me contó Elisa, ella dijo que había que cambiar de lugar el objeto que provocaba las visiones, pero el reloj de sol no se puede transportar a otro sitio: está pintado en la pared. Un pensamiento pasa por mi mente, una idea salvadora. ¿Y si pintamos otro? Podríamos construir un reloj de sol, igual que este, orientado de la misma manera, en otra pared del instituto. Quizá funcione. Seguro que la propuesta le gustará a Rafa, mañana mismo se lo cuento. Será una manera de reivindicar la existencia del auténtico y de reclamar su restauración.

—Lo averiguaremos —contesta a mi pregunta—. De momento, he traído el plano del instituto con la perpendicular trazada. Mira.

Saca un papel de la mochila y lo extiende sobre la cama.

—Esta línea marca los lugares que atraviesa: el gimnasio, el salón de actos y el patio de las pistas.

—¿Crees que el tesoro estará en alguno de esos sitios?

—Imposible —asegura.

—¿Por qué lo sabes?

—Porque ninguno de los tres existía en el siglo XVIII. El edificio donde están las aulas, el gimnasio y el salón de actos se construyó mucho después, es lo más moderno del instituto.

—¿Entonces? No lo entiendo. El espectro quiere que lo ayudemos, no pretende engañarme…

—Hay algo más —dice bajando la voz—. La línea atraviesa el patio de las pistas, hasta el fondo y allí está la pared que comunica con el museo.

—¡El museo pertenece a la parte antigua, la auténtica!

—Ese fantasma no puede decirte el lugar exacto donde está el tesoro porque no lo sabe seguro. El edificio ha cambiado mucho, nada es igual que en el siglo XVIII, excepto la sombra del reloj de sol. Eso siempre será igual. Por eso la usó como referencia.

Me asombra su capacidad de deducción en estos momentos angustiosos, es un lujo tener cerca a alguien capaz de pensar cuando la mente de una se atrofia por el miedo.

—Tiene que ser ahí, pero no sabemos qué hay que buscar ni dónde —se lamenta.

Los golpes en la puerta nos interrumpen. Papá no se resigna a esperar a la hora de la cena, cuando no me quedará más remedio que salir de mi habitación, ni a aguardar la llegada de mamá, a quien no escatimo los abrazos ni las buenas palabras.

—Deja que entre y cuéntale algo —me susurra Quique—. Él comprenderá.

Con un gesto le doy a entender que me rindo, no tiene sentido persistir en el mal rollo. La presencia de Quique resultará conciliadora: delante de él me da vergüenza pelearme con papá usando modales de niña mimada.

Mi amigo abre la puerta y el rostro asustado de mi padre me dirige una mirada implorante.

—No he podido traerte la levadura, lo siento —balbuceo insegura.

—¡Qué importa ahora la levadura!

—Peny no se encuentra bien —interviene Quique—. Es por culpa de las pesadillas…

Se calla, espera que sea yo quien continúe. Pretende que cuente a mi padre la misma versión que le dijimos a Rafa. Es buena idea, aunque hubiera preferido mantener a papá al margen de todo esto, como hasta ahora. Los dos me miran expectantes.

—Llevo semanas durmiendo fatal y con pesadillas —miento—. Lo malo es que parecen tan reales…

—¿Por qué no me lo has contado antes? —me interrumpe—. Te habría preparado una tila antes de acostarte.

—Deja que continúe —interviene Quique.

Papá me coge de las manos y me mira a los ojos, como si quisiera encontrar la verdad en el fondo de mis pupilas.

—Lo malo de las pesadillas es que tienen que ver con la realidad —digo, apartando la mirada—. Sueño con fantasmas que se mueven por el instituto y por el barrio, me hablan y me piden cosas. Después, cuando me despierto, me parece que es verdad.

Cualquier padre diría que son solo sueños, pero él sabe que no es tan sencillo, estoy segura.

—Por eso los mareos en clase —deduce— y las pocas ganas de salir de casa. Necesitas gente a tu lado, siempre. Amigos que estén contentos para contrarrestar el mal rollo. Una vez, Charo y yo…

Se detiene de golpe, como si se arrepintiera de lo que ha dicho. Es depositario de un secreto que no es del todo suyo y no quiere traicionar a la madre de mi amigo. Me basta con que crea en mis pesadillas y me siga regalando el cariño que necesito, a manos llenas.

—Yo no pienso separarme de ella —interviene Quique para romper el incómodo silencio.

—¿Se lo has contado a tu madre? —le pregunta.

—Sí… —duda—. Y me ha dicho lo mismo: que no la deje sola y que no nos dejemos vencer por la tristeza.

—Ella sabe lo que dice —asegura—. Y yo también estoy aquí para espantar las pesadillas contigo.

Me abraza y yo me dejo estrujar porque me hace sentir segura. Por eso las sombras no me persiguen hasta casa, él me defiende con su alegría. Igual que Quique. Los dos son la barrera que me separa de la locura, ellos me sujetan a la realidad, evitan que el dolor me atrape. Me alejan de lo invisible.

JUNTOS CONTRA LO INVISIBLE

Esta noche, mamá ha dormido conmigo. Me ha arropado con una manta de cariño, no he sentido el frío del miedo ni me han asaltado las pesadillas. Quique y mi padre trazaron ayer un plan para no dejarme sola ni un momento y, cuando mamá llegó a casa y papá le contó que no me encontraba bien, dedicó el resto de la tarde a cuidarme. Le pedí que me hablase, su voz tiene un poder tranquilizador, y me contó todo lo que había hecho en el trabajo con tanta gracia que parecía una historia de ficción. Nadie la gana a cuentista. No dejó de parlotear hasta que me dormí. He despertado con una agradable sensación de placidez, como si todos los fantasmas hubiesen huido de mi vida de manera definitiva. El desayuno en familia, acompañado de un bizcocho hecho por papá, ha terminado de elevarme el ánimo.

Quique ha prometido pasar por casa todos los días para acompañarme hasta el instituto. Cuando he bajado al portal, he encontrado a tanta gente que esto parece una manifestación.

—¡Eh, compi! He traído paraguas por si llueve —suelta Carmen nada más verme.

Aquí está mi mejor amiga, ahora estoy segura de que lo es, acompañada de su inseparable Lidia, y también Yala, Lucía y Claudia.

—A Julio no he podido localizarlo —dice Quique.

—Y Ricardo ha quedado con mi hermana —añade Carmen.

—Gracias —respondo, casi no me sale la voz de pura emoción.

—Está bien quedar con vosotros, así no llegaré tarde. Cuando voy con mis amigas siempre me lían y luego... —dice Claudia.

—Tus amigas tardan demasiado en peinarse por las mañanas, no me extraña que lleguen tarde —comenta Quique.

Todas ríen el comentario, incluso Claudia, que parece otra chica distinta a la que era al comienzo del curso. Ya no va tan pintada y muchas veces se acerca a nosotros para charlar, ante la mirada despectiva del resto de su grupo. Las demás no han cambiado nada, ellas se lo pierden.

—Ya sé que has hablado con Elisa —me dice Carmen—. Está ya mucho mejor, debéis de sufrir el mismo virus porque los síntomas que tenía mi hermana eran muy parecidos a los tuyos.

No me extrañó que lo interpretasen como una enfermedad: las ojeras delatan que duermo mal y que la fiebre, aunque no sea real, es devastadora.

El grupo se aprieta alrededor de mí. Es como si desearan formar una barrera para impedir el paso de los muertos invisibles. Todos hablan y ríen, es la consigna: la felicidad contra el dolor. Y el frío se ha detenido a varios metros de mi cuerpo.

Cuando llegamos, hechos una piña, ante el aula de 3.º C, Carmen y Lidia se despiden efusivamente de mí: besos y apretones como si me fuese a la guerra. Hasta Lidia me da un abrazo cálido y sincero:

—Iremos a por ti todos los días, hasta que te canses de nosotras —asegura.

Ya no tengo una mejor amiga, ahora son dos, y Lidia no se imagina cuánto lo agradezco.

Al entrar en clase, Prieto se acerca con la clara intención de meterse conmigo (por mis ojeras o por mi cara de colgada), pero Yala y Lucía se plantan delante de él y le hacen frente.

—¡Déjanos en paz, idiota! —le sueltan.

El otro se ha quedado tan cortado que no sabe qué responder y huye al fondo de la clase. Los cuatro chocamos nuestras manos en señal de triunfo. He aprendido que, juntos, se puede vencer a lo visible y a lo invisible.

A la hora del recreo, Quique y yo nos sentamos bajo los arcos del claustro, hace una mañana fría pero luminosa y las piedras del siglo XVII brillan como si fuesen nuevas.

—Perdóname —me dice de pronto.

No entiendo a cuento de qué vienen sus disculpas y lo miro extrañada.

—Ayer… tú te encontrabas fatal y yo llegué empeñado en buscar el tesoro… o lo que sea. ¿Quieres que lo dejemos estar? Yo no tengo visiones ni paso miedo como tú, ni debo enfrentarme a muertos que piden justicia. Ni sería capaz de hacerlo. Eres muy valiente y yo un cobarde por empujarte a continuar con esto.

—No hay vuelta atrás —suspiro—. Y tú me ayudas y me proteges como nadie, lo sabes bien.

—No es suficiente, romperé el plano y me olvidaré de fantasías y de tesoros —asegura.

—Hay que seguir adelante —digo convencida—. Sea como sea. Solo necesito una pequeña tregua, que los demás espectros me dejen tranquila una temporada para poder concentrarme en ayudar al cura y salvar su tesoro. Cuando lo consiga, le contaremos a Rafa lo que has descubierto, con él podremos encontrar el lugar exacto; pero a cambio le pediremos que construya una réplica del reloj en el claustro. Solo así se acabará del todo esta pesadilla.

—¿Y cómo vas a lograr esa tregua?

—Esta misma tarde… —mi voz tiembla—. Y tengo que ir yo sola.

«Cuando logras ayudar a un espectro, los demás te dejan en paz durante unos días». Eso me dijo Elisa y necesito comprobar que es cierto. Sé cómo complacer a uno de los fantasmas que me acosan. Solo tengo que ir a la plaza de la Cebada y hablar con él, aunque tenga que enfrentarme al miedo, al frío y a la soledad.

He engañado a papá, le he dicho que Quique me espera abajo para acompañarme a la Puerta del Sol a hacer unas compras. No quiere que salga de casa sin compañía ni que esté sola dentro de ella, así que se acabaron los recados.

Me he arropado con todo lo que he encontrado por casa: abrigo, bufanda, guantes y hasta un gorro de lana blanco que hacía siglos que no me ponía.

—¡Ni que estuviese nevando! —me ha dicho papá cuando me ha visto tapada hasta las cejas.

Sé lo que hago, aunque presiento que el frío que me transmiten los muertos invisibles llega hasta mis huesos a pesar de las capas de ropa.

Camino con la vista al frente en dirección a la plaza de la Cebada. Por la calle Toledo las sombras se mezclan con los cuerpos de la gente, los traspasan y se giran para mirarme. Casi todos visten ropajes extraños, permanecen atrapados en el tiempo, transitando durante siglos por la misma calle.

El frío es tan intenso que duele, se me clava en la piel como astillas de hielo. Y el miedo me atenaza hasta agarrotar mis músculos. Debo llegar hasta la plaza antes de que el terror me paralice. Intento ignorar los lamentos de las sombras que susurran ruegos en mi oído, pero el sonido de las peticiones se convierte en un ruido ensordecedor que me marea y me aturde.

Ya diviso la horca, el cuerpo de Riego se mece con un balanceo funesto. Sé que me está esperando, siento su mirada agonizante que me atrae como un imán. Los demás espectros callan y ahora oigo el macabro sonido de la soga que hace crujir la madera. Tiemblo de la cabeza a los pies. Me acerco a él y sus ojos desorbitados de ahorcado me contemplan suplicantes.

—Fue el siete de noviembre —me repite, como ayer—. ¡Qué infamia! ¿Por qué me insultan cuando yo he luchado por su libertad?

Temo que el terror impida que las palabras salgan de mi boca. Me esfuerzo por hablar, pero me cuesta tanto y me siento tan débil que temo desmayarme.

—No fue en vano —digo con gran esfuerzo—. Después de morir te convertiste en un símbolo de la libertad, miles de personas siguieron tus ideas y continuaron lo que tú empezaste. Tenías razón. Ahora la libertad es un derecho fundamental y, en parte, es gracias a ti.

«Gracias a ti», escucho mis propias palabras que se repiten como un eco en la plaza. Riego ha dejado de mirarme, cierra los ojos y su imagen desaparece de mi vista, se convierte en arena que arrastra una ráfaga de viento. Siento que he acertado: aquel espectro colgado en el tiempo ha escuchado lo que necesitaba oír. Ya puede descansar en paz.

El sonido de un claxon me devuelve a la realidad. Estoy en la plaza de la Cebada y las luces me rodean, no hay sombras, no hay lamentos y hasta el frío ha desaparecido. Respiro hondo, este paisaje cotidiano de coches y de gente haciendo ruido me parece genial. Es como volver a casa ileso después de una batalla.

Elisa tenía razón: los espectros me han dejado tranquila por el momento, han desaparecido. Espero que me den el tiempo suficiente para resolver el misterio más difícil. ¿De verdad hay un tesoro escondido en el San Isidro? ¿Podremos encontrarlo? Sé que hay mucho en juego, no solo mi salud mental, también algo que va más allá de lo puramente económico. Si hallamos algo, no van a ser monedas de oro. Lo que ese espectro vestido de cura me ruega es urgente y ha llegado el momento de resolverlo.

EN BUSCA DEL TESORO

Hemos quedado con Rafa en el patio de la capilla. Quique ha traído el plano del instituto con la línea trazada atravesando el edificio principal. Ya anochece, una luna creciente se asoma entre retazos de nubes grisáceas. Habría preferido hacer las pesquisas de día, pero Rafa no podía atendernos antes y nos ha emplazado a estas horas tardías.

—Estás muy guapa esta tarde —me dice Quique—. El gorro blanco te sienta muy bien.

—Me lo puse ayer, por el frío… y hoy lo he cogido casi sin pensar.

—Es como un marco en tu cara. Resalta tus ojos, que a veces son verdes oscuros y otras marrones claros.

—¡Vaya! No sabía que fuesen tan cambiantes.

—Es que tú no te ves… y no te imaginas lo guapa que eres.

Siento que me emociono y me entran unas ganas enormes de besarle que no quiero reprimir.

—Disculpad el retraso. —La voz de Rafa nos interrumpe—. He tenido una reunión que no se acababa nunca.

Quique se ha puesto colorado; yo no, aunque la vergüenza se debe de notar en mi cara.

—Hemos traído el plano para que veas por dónde va la línea perpendicular a la sombra del reloj —le explica mi amigo, a quien aún le tiembla la voz.

Rafa observa el arrugado papel con detenimiento, como quien examina el mapa de un tesoro. En realidad, se trata de eso.

—Es asombroso lo que habéis descubierto —dice mirándome—. Yo no he llegado tan lejos, a pesar de que he investigado sobre el reloj de sol en el archivo histórico y en todos los documentos que se conservan en el instituto. ¿Me harías un favor? —le pregunta de pronto a Quique—. Ve a la conserjería y pídele a Germán las llaves de la capilla, quiero enseñaros una cosa.

Mi amigo sale dispuesto a hacer el recado y yo presiento que se trata de una excusa para hablar conmigo a solas. ¡Como si Quique no supiera de qué va todo esto!

—Sé que lo estás pasando mal —me dice en cuanto Quique desaparece.

Asiento con la cabeza, es inútil negarlo: yo soy la que se marea en clase, la que lleva unas ojeras lamentables, la que arrastra una tristeza que cualquiera puede ver.

—No es en sueños cuando ves esas apariciones, ¿verdad?

Me quedo callada. Rafa sabe mucho más de lo que aparenta, como intuí desde el principio. No sé qué responder, pero mi silencio es bastante elocuente.

—Pero no estoy loca —logro contestar.

—Lo sé.

Quizá lo sabe porque lo ha sufrido en primera persona. Es el momento de confirmar si él también es un prisionero de lo invisible.

—¿Por qué escribiste «Fuera de aquí» en la pizarra de ese trastero que hay en el museo? —Le lanzo la pregunta que tenía guardada para él desde que descubrí que la caligrafía de la frase era la suya.

—Eres lista. —Sonríe—. Me sorprende que te hayas dado cuenta. ¿De verdad lo quieres saber?

—Yo estoy siendo sincera —argumento—. Tú también debes serlo.

—Está bien. —Suspira para tomar aire antes de hablar—. Fue un día que me encontraba fatal, me pasé la tarde entera en el museo. La verdad es que entre la jefatura y el museo no salgo del instituto. A última hora me escondí entre las paredes del trastero a fumarme un cigarrillo. Hacía frío en la calle y me dio pereza salir fuera. De pronto, sentí algo extraño que me rodeaba y me angustié. Empezó a hacer más frío que en la calle, salía vapor de mi boca, y no era el humo del pitillo, que apagué enseguida. Había gente alrededor de mí, no podía verlos, pero estaban ahí. Entonces vi la pizarra y la tiza a su lado, en el suelo. La cogí y escribí, como si la frase escrita sirviera para echarlos, para espantarlos. Quien salió huyendo fui yo. No he sido capaz de volver. En este instituto han pasado demasiadas cosas, demasiada gente con sus problemas y sus historias.

—Historias y problemas que se han quedado pegados en los muros, en las paredes, en los rincones… —añado.

—Quizá a todos nos persiguen nuestros propios fantasmas.

—Gracias por contármelo —le digo—. Me hace sentir menos sola, menos rara.

Aparece Quique con un enorme manojo de llaves en las manos.

Luego le contaré la conversación que se ha perdido, no quiero secretos con él.

—Dice Germán que tienes que tener tú la otra copia y que no vayas a perder estas también.

Le tiende las llaves al tiempo que Rafa busca en el bolsillo y saca otras tantas.

—¡Es verdad! —exclama—. Están aquí. Luego se las devolveré. A ver ese plano —le dice a Quique—. Tenemos que ver bien qué lugares señala.

—¿No vamos a entrar antes en la capilla? —pregunta.

—Quizá después —corta Rafa—. Antes hay que fijarse en el plano. Has trazado la perpendicular, pero solo en dirección hacia el instituto, no hacia el palacio.

—¿Crees que el tesoro estará ahí dentro? —Tiemblo al pensar que debamos entrar de nuevo.

—Tendría sentido —asegura Rafa—. Cuando expulsaron a los jesuitas, el edificio se convirtió en la Casa de las Temporalidades, allí trasladaron todos los bienes confiscados a la orden religiosa. Ese Luis Hernández debe de estar buscando ahí dentro. He visto bastante trasiego de obreros estos días y ya no ha vuelto a agujerear el reloj.

—¿Quién es Luis Hernández? —pregunta Quique.

—El arquitecto del Ayuntamiento que también va tras el tesoro. El que vio la marca que habías dibujado con tiza en el suelo.

—Habrá seguido la línea hacia el palacio —deduzco.

—Mirad los agujeros que ha hecho en la pared. —Nos señala el muro que separa el palacio de la capilla—. Pensó que el reloj de sol escondía el tesoro y vio que entre este y la capilla había un hueco.

—Es verdad. Ahí podría esconderse algo.

Compruebo que la pared está agujereada, los ladrillos presentan huecos por los que cabrían las dos manos.

—Pero el tesoro no se halla en las ruinas del palacio —aseguro.

No está porque el cura de la antorcha lo escondió antes de que lo echasen, antes de abandonar el colegio. Nadie pudo llevárselo a la Casa de las Temporalidades porque él lo ocultó entre las paredes del edificio. El espectro sabe dónde está y quiere que lo encuentre yo, y no ese arquitecto del Ayuntamiento.

—Si ella lo dice no hay que tener dudas —salta Quique.

—Está bien. Miraremos en nuestra zona —dice Rafa señalando en el plano—. Esta parte del instituto es nueva, así que el tesoro no puede encontrarse aquí.

—Eso ya lo sabemos —aclara Quique—. Pero si alargamos la perpendicular llegamos al fondo del patio hasta la parte trasera de lo que ahora es el museo.

—¡Claro! —exclama Rafa—. ¡Es ahí! Por eso... ¡Venid! Tenéis que verlo.

Corremos hacia el extremo del patio de las pistas, hay algo de luz que proviene de las viviendas que lo rodean y de las aulas iluminadas de la primera planta.

A pesar de que la oscuridad no es grande, Rafa va alumbrando con la linterna y dirige el haz de luz hacia la pared derecha.

—¿Veis esos arcos que parecen dibujados en el muro? Son los restos de un antiguo claustro. Aquí hubo un edificio en tiempos de los jesuitas. Ahora fijaos en la pared del fondo, la que está pegada al museo.

Nos acercamos hasta casi tocarla. Rafa se muestra eufórico, cree haber descubierto algo que llevaba años buscando, la primera pieza que puede conducirlo hasta el tesoro perdido de los jesuitas.

—¿No notáis algo extraño en esa pared? —nos pregunta, pero no espera que le respondamos—. Hay un hueco, ¿no veis que el muro no llega hasta arriba? El museo está lleno de huecos vacíos que no van a ninguna parte, nunca pensé que esos boquetes...

—¿Se puede acceder a esta zona hueca? —quiero saber.

—No estoy muy seguro. Quizá desde el museo... pero habrá que derribar alguna pared y no será fácil. No podemos ir tirando abajo los muros del instituto, pero intentemos echar un vistazo. ¡Seguidme!

Los tres estamos alterados. Quique me mira y esboza una sonrisa nerviosa, extiende el brazo y me coge de la mano. No hay miedo, solo una emoción intensa que me impide estar quieta y que duplica la velocidad de los latidos de mi corazón. El edificio del instituto se ha convertido en un misterio por descubrir: ¿cuántas historias esconderá? ¿Cuántos secretos olvidados a lo largo de los siglos?

Rafa rebusca entre las llaves del manojo hasta dar con la que abre el museo. La separa de las demás y veo brillar un reflejo plateado antes de que la introduzca en la cerradura. Es una llave antigua, alargada y fina, que llevará siglos abriendo y cerrando la misma puerta. Quizá ese cura que vivió en 1760 la tuvo entre sus manos alguna vez; la idea me estremece y un temblor repentino baja por mi brazo. Mi amigo nota el efecto en la mano que se entrelaza con la suya y lo interpreta como una señal de temor.

—Tranquila —me dice—. No va a pasar nada, estamos aquí contigo.

La puerta se abre con un chirrido agudo, dentro todo es oscuridad. Rafa enciende el interruptor del museo y el lugar recupera sus contornos reales. Subimos el primer tramo y Rafa nos señala un mueble lleno de trabajos escolares realizados por chavales como nosotros, pero que llevarán un siglo muertos.

—¡Detrás de la vitrina hay una puerta! —exclama Quique, que se ha fijado mejor que yo—. ¿Qué hay dentro?

—Solo un hueco que no lleva a ninguna parte —asegura Rafa—. Pero es el único lugar por donde se puede entrar sin romper ninguna pared.

Entre los tres movemos la vitrina, no es demasiado pesada porque lo que contiene no son piedras ni animales disecados, como las que hay más arriba. La apartamos a un lado y Rafa gira el pomo sin resultado: está cerrada con llave. Nos mira desolado.

—No sé si existe la llave que abre esta puerta.

—En el manojo que te he dado antes hay un montón —comenta Quique.

—Ya, pero hay demasiadas como para ir probándolas todas y tampoco es seguro que esté entre ellas.

Saca el montón de llaves del bolsillo y las balancea: habrá más de treinta. De pronto, noto un destello que escapa de una de ellas, un reflejo parecido al que percibí antes, cuando Rafa sacó la que abre el museo.

—¡Es esta! —La señalo ante la sorpresa de los dos.

—¿Cómo lo sabes? —pregunta Rafa.

—Lo sabe —contesta Quique por mí—. No hay más que decir, pruébala y verás.

Separa la llave que brilla entre las demás y la introduce sin esfuerzo en la cerradura. La puerta se abre con un pequeño giro.

—No me lo puedo creer —dice Rafa asombrado—. ¿Cómo es posible…?

—En vez de hacer tantas preguntas —le interrumpe Quique—, vamos a entrar de una vez.

La abrimos de par en par, una bocanada de aire frío y viciado nos sorprende. Solo hay un estrecho pasillo que no lleva a ninguna parte porque termina en una pared a cada lado, aunque hacia la derecha es más largo y hay que asomarse para ver el final. Rafa alumbra con la linterna y vemos también la cantidad de telarañas que adornan el lugar, jamás había visto tantas ni tan grandes. Pienso en los bichos que las han fabricado y ruego por no encontrármelos.

—Hay arañas —observa Quique.

Veo que su rostro está descompuesto, más que cuando entramos en el palacio abandonado y no podíamos salir.

—¿Qué te pasa con las arañas? —le pregunto.

—Las odio, me dan terror —confiesa.

Rafa entra en el pasillo apartando telarañas y lo va alumbrando, nosotros dos nos quedamos fuera.

—¡Vaya! —Escuchamos su voz que resuena con un eco extraño—. Al final hay un agujero en el suelo. Parece que se hubiera derrumbado.

Desde fuera escuchamos ruidos reconocibles, la luz de la linterna ha desaparecido de nuestra vista. Rafa estará apartando escombros y enfocándola hacia el agujero; me gustaría entrar con él, pero no quiero dejar solo a Quique con su miedo a las arañas.

—¡Hay un tramo de escalera muy estrecho que baja a no sé dónde! —grita Rafa.

—¡El tesoro puede estar ahí! —me dice Quique—. Es exactamente donde señala la línea perpendicular. Tienes que bajar a buscarlo porque solo tú puedes encontrarlo.

—Pero ¿y tú…? —dudo.

—Lo siento, esta vez no soy capaz de acompañarte, ¿me perdonarás? —me dice con la mirada más triste que me ha dedicado nunca.

—¿Venís? —pregunta Rafa desde el fondo del hueco.

—¡Yo voy! —grito.

Miro a Quique, me gustaría decirle ahora mismo cuánto le quiero, cuánto le agradezco que me haya acompañado hasta aquí sin dudar en ningún momento de mis increíbles palabras, de mis locas visiones. Me dejo llevar por un impulso repentino y le atraigo hacia mí. Pego mis labios a los suyos y él me abraza. Nos fundimos en un beso largo que me hace temblar más que los fantasmas. Cierro los ojos. De pronto, he olvidado el lugar en el que me encuentro, los espectros y los miedos, la soledad y la tristeza. Siento que me transmite una fuerza invencible, el valor que siempre he necesitado, y sé que no encontraré mejor tesoro que este. Ahora estoy segura de amarle: no necesito que descienda conmigo por las escaleras llenas de telarañas, me basta con saber que existe y que me quiere.

—¡Vamos!

La voz de Rafa nos hace despertar del sueño. Miro en el fondo de los ojos de Quique y veo reflejados mis sentimientos. Sin decirle nada, porque ya lo sabe todo, me interno en la oscuridad del pasillo. Apartando negras telarañas llego hasta el final, donde se encuentra Rafa iluminando el agujero del suelo.

—Es por aquí —me dice—. ¿Podrás bajar?

—Ahora mismo soy capaz de cualquier cosa —aseguro.

NO SOLO LOS VIVOS PUEDEN HACER DAÑO

El hueco es muy estrecho, apenas caben nuestros cuerpos, y la escalera que desciende también es angosta. No logro ver bien los peldaños, pero Rafa baja delante y me va guiando.

—Cuidado con la cabeza, el techo está muy bajo.

Llego hasta el final de las escaleras y me encuentro entre cuatro paredes lisas, llenas de grietas y de humedad. Tampoco faltan las telarañas. No hay un solo mueble, ningún objeto en el suelo, solo polvo y bichos.

—Estamos en la parte inferior de la escalera principal —explica Rafa—. No se ve nada aquí, aunque tal vez haya algo escondido en algún hueco en la pared. Iremos golpeando y poniendo la oreja, a ver si lo descubrimos.

Empezamos a dar golpecitos en la pared con los nudillos, él por un extremo y yo por el otro. Caminamos agachados porque el techo es tan bajo que no podemos permanecer estirados.

—Es poco probable que haya un hueco en la pared —dice de pronto—. Sin embargo… hay algo extraño. ¡El suelo! ¿No te das cuenta?

—¡Por eso hay tan poca altura! Es abajo donde hay un doble fondo.

Nos ponemos en cuclillas y empezamos a dar golpes en el suelo polvoriento, donde hemos dejado las marcas de las pisadas. Me doy cuenta de que hay una zona, a la izquierda, que parece barrida por una mano, como si alguien hubiese querido apartar la suciedad para mostrar algo. Me acerco con el corazón acelerado. Hay una marca en el suelo, un pequeño dibujo trazado con algo punzante.

—Acerca la linterna —le pido a Rafa.

La luz me muestra el dibujo de una antorcha coronada por una llama, igual a la que lleva siempre el espectro del cura cuando surge ante mí. Los latidos del corazón resuenan en mi cabeza y me parece que también en estas cuatro paredes.

—¡Es aquí! —grito.

Rafa golpea el suelo con la parte trasera de la linterna y el sonido a hueco es inconfundible.

—¡Eres un genio! —me dice sonriendo.

—Habrá que romper el suelo, para eso necesitaremos un martillo o algo así. Habrá que salir y volver a entrar. Porque con la linterna no creo que podamos…

Una fuerza que no es mía me impulsa a arrancar la linterna de las manos de Rafa, es como si alguien guiara mis gestos. Creo ver la sombra de otras manos sobre las mías, unos dedos más largos y fuertes que agarran el objeto como si fuese una maza. Descargo un golpe certero y enérgico contra el suelo, con más potencia de la que yo poseo, y lo atravieso. El cemento se ha roto y un agujero, por el que cabe una mano, se abre ante nuestra sorpresa.

—No imaginaba que fueses tan fuerte —balbucea Rafa, atónito.

—Ni yo —aseguro.

Entre los dos apartamos los trozos del suelo que se han desprendido. Alargo la mano y logro tocar un paquete de tacto rugoso.

—¡Hay algo! Tenemos que sacarlo.

A Rafa le cuesta poco agrandar el agujero, ahora nos invade un entusiasmo gigantesco: estamos a punto de rescatar el tesoro de los jesuitas. ¿Qué vamos a encontrar? Pienso en el espectro del cura, ¿dejará de perseguirme al fin? ¿Qué querrá que hagamos con el tesoro? No había llegado a plantearme estas cuestiones antes. Si se trata de algo valioso, ¿deseará que nos lo quedemos o que lo usemos para obras benéficas? Es todo tan extraño.

—¡Ya lo tengo!

Alumbro el agujero con la linterna y veo cómo saca un bulto polvoriento envuelto en algo que parece una tela raída. Tiene forma rectangular y está atado con una cuerda desgastada.

Deposita el objeto en el suelo y los dos nos lo quedamos mirando perplejos, sin saber cómo reaccionar. Casi no me creo que todo sea verdad, que esté ocurriendo y no sea un sueño.

—¿Qué puede ser? —me pregunto en voz alta.

—Es un libro —dice acariciando lentamente la tela—. Estoy seguro.

Empieza a deshacer los nudos que apenas se le resisten y, al fin, consigue desatarlos y quitar la tela que envuelve el tesoro de los jesuitas. Ante nuestros ojos aparecen dos libros antiguos, con las tapas de piel y las hojas acartonadas. Los títulos están el latín, como era de esperar. El primero es menos grueso y en la cubierta leo: *De regis illegitimae rei conditione*. Debajo hay un volumen mayor, de piel roja desgastada por los siglos. El título dice: *De iter faciendo per tempus*. No sé latín, pero entiendo el significado de los dos títulos.

—Aquí parece que pone algo así como «La ilegitimidad del rey» —dice Rafa—. Tal vez este libro pretende demostrar que la dinastía reinante era ilegítima. Si es así, no me extraña que lo escondiesen, por eso el rey Carlos III los expulsó del país. Temería las consecuencias de lo que pudieran saber los jesuitas. ¡Es alucinante!

—¿Y qué me dices del otro? «Cómo viajar en el tiempo».

—¿Estás segura de que dice eso? —me pregunta asombrado—. No se traduce tan fácil como el otro… y tú no das latín en tercero.

—No me explico cómo, pero lo sé. ¿Crees que en 1760 sabían viajar en el tiempo?

—Habrá que leer el libro.

—De momento, habrá que esconderlos. Después de todo lo que he pasado, me niego a que caiga en manos del arquitecto ese del Ayuntamiento —suspiro.

—Lo mismo pienso yo.

—¡Vamos a enseñárselos a Quique!

Nos ponemos en pie e iniciamos el camino de regreso. El agujero ya no me parece tan oscuro ni las telarañas tan negras. Estoy eufórica, no solo he ayudado al espectro a salvar su tesoro, sino que quizá hayamos realizado el descubrimiento del siglo. Y, lo mejor de todo, Quique me está esperando ahí fuera para abrazarme hoy y también mañana, pasado, al otro… y muchos días más. Ahora sé que su amor es lo que más deseo.

Rafa va delante, alumbrando los peldaños con la linterna, yo le sigo, abrazada a los libros, y hasta el frío ha desaparecido de mis huesos. Estoy deseando contarle a Quique lo que hemos descubierto.

Ya llegamos arriba, Rafa hace un gesto extraño: se detiene en seco y estira el brazo como para protegerme. Por encima de su hombro veo una escena que jamás en mi vida habría querido presenciar. Un hombre alto sujeta a Quique por el cuello y veo el reflejo brillante del filo de una navaja pegado a su mejilla.

—¡Dadme lo que hayáis encontrado! —ruge con una voz que retumba en las paredes del museo.

Lo reconozco, es el arquitecto del Ayuntamiento. Rafa tenía razón, buscaba lo mismo que nosotros y se ha limitado a seguir nuestros pasos. Tiemblo más que cuando los aparecidos me rodeaban en la plaza de la Cebada.

—¿Qué vas a hacer? —le reta Rafa—. ¿Vas a herir a un muchacho con testigos delante? Irás a la cárcel.

—Merece la pena arriesgarse. Tú lo sabes —le suelta—. También llevas tiempo detrás del tesoro, ¿verdad? Los dos sabíamos que era algo más valioso que el oro. Tiene gracia que hayan sido estos dos mocosos quienes nos hayan ayudado a dar con él. No me interesa saber cómo lo habéis conseguido, solo quiero que me lo deis.

—Suelta al chico y prometo no decir nada de lo que está pasando —le ruega.

—¿Y quedarte tú con la recompensa? ¿Crees que soy idiota?

—No podrás esconderte, sé quién eres y te denunciaré —le amenaza Rafa.

—Para cuando lo denuncies yo ya estaré muy lejos.

Me enerva esta discusión, mientras Quique tiembla con el filo de la navaja amenazando su piel. Está pálido y yo tanto como él. Oigo las voces de los dos hombres que continúan hablando, cada vez más enfadados, pero ya no distingo las palabras con claridad. Regresa el frío de las visiones y el olor a incienso. Las luces de las vitrinas del museo parpadean y veo una sombra ascender por el primer tramo de la escalera.

Distingo los contornos desdibujados del cura de la antorcha que se dirige hacia nosotros, es como una nube de ceniza que solo yo puedo ver. Ahora se ha situado al lado del arquitecto y su ojo sin párpados lo mira con desprecio. Eleva el brazo con la antorcha y descarga un golpe seco contra la cabeza del hombre, que aúlla de dolor y cae al suelo. Veo las caras de desconcierto, nadie entiende lo que ocurre porque solo yo lo he visto.

—¡Salgamos de aquí, rápido! —les grito.

Los dos reaccionan, confusos como si acabaran de despertar de un sueño, y corremos escaleras abajo. Hay que huir antes de que el tipo se ponga en pie y recupere su navaja. Alcanzamos la puerta y salimos, pero, antes de cerrarla, vuelvo la vista atrás y me topo cara a cara con el rostro quemado del cura que me mira con su ojo fijo. Ya no me inspira terror.

—*Gratias, absconde libros* —me dice en latín.

Y baja levemente la cabeza, como haciéndome una reverencia en señal de respeto. Me está pidiendo que esconda los libros, comprendo el idioma en que me habla y hago la promesa de cumplirlo. Él también sabe interpretar mi mirada, aunque yo no sea capaz de responderle en latín. Presiento que se está despidiendo para siempre. Veo que agarra el pomo de la puerta, la empuja y da un portazo que resuena en todo el patio.

—Cerraremos con llave para que no se escape y llamaremos a la policía —dice Rafa, nervioso.

Sospecho que no hará falta usar la llave, el espectro del cura es quien ha cerrado la puerta y no va a ser fácil abrirla. Una corazonada me hace temer por el hombre que está dentro.

—¿Estáis bien? —nos pregunta Rafa, que casi no puede hablar del susto.

Asentimos mientras nos fundimos en un abrazo tan fuerte que me parece que mis costillas se enganchan con las de Quique.

—Antes hay que ocultar los libros —digo—. No los hemos rescatado para que se los queden otros, como el tipo este.

—Deberíamos dar cuenta del hallazgo… —duda Rafa.

—Esperemos unas semanas, por favor —le pido.

—¿Y qué contamos cuando este hombre diga lo que sabe? —objeta.

—Cambiamos estos libros por otros de la biblioteca, hay muchos antiguos —se me ocurre.

De pronto, escuchamos ruidos que vienen de dentro del museo. El hombre golpea la puerta y nos grita que le dejemos salir. Nos son gritos de rabia, sino alaridos de terror.

—¿Qué está pasando ahí dentro? —me pregunta Rafa, como si yo supiese la respuesta.

No quiero ni imaginármelo, pero sé que ese hombre corre verdadero peligro.

—¡Abre! —le digo.

Ha visto tanta preocupación en mi rostro que coge la llave e intenta abrir sin lograrlo.

—¡No se puede, la puerta está atrancada!

Empujamos con todas nuestras fuerzas, pero parece de piedra, ni siquiera se mueve. No es la misma que hemos abierto para entrar en el museo hace unos minutos, sino el umbral del infierno. Los alaridos del hombre se mezclan con otros ruidos que recuerdan al aleteo de los vampiros y al rugido de las fieras. Temo que los animales disecados hayan cobrado vida y estén atacando a su presa. De alguna manera, sé que es eso lo que está pasando ahí dentro.

—¡Llama a la policía, a los bomberos, a quien sea... ese hombre está en peligro de muerte! —aseguro.

Los dos me miran recelosos, leo en sus ojos la preocupación y el desconcierto. Saben que puedo ver y oír más que ellos, por eso están dispuestos a creer lo increíble.

—¡Marchaos de aquí! —nos ordena Rafa—. Id a la biblioteca y llevad los libros a la planta de arriba, con los antiguos. Esta es la llave. El mejor lugar para esconder un libro es una biblioteca, recordad bien dónde los dejáis. ¡Rápido! Yo me encargo de lo demás.

Atravesamos el claustro, que hoy me parece más oscuro y siniestro que nunca, los gritos del prisionero me persiguen y me estremezco. Esto no puede estar pasando de verdad.

Entramos atropelladamente en la biblioteca y subimos las escaleras hasta la primera planta sin hacer caso de Felipe, el bibliotecario, que nos hace una seña para que nos acerquemos. Somos más rápidos que él y logramos llegar arriba y encerrarnos antes de que nos alcance. Mientras Felipe aporrea la puerta, colocamos los dos libros en una de las estanterías. Memorizo la localización y los cambio por otros dos de una repisa distinta.

—Abre —le susurro a Quique—. Ya está todo listo,

Felipe aparece con cara de pocos amigos, cuando se pone serio es temible, aunque no es lo habitual en él.

—¿Qué estáis haciendo aquí arriba? —nos interroga como si fuese la policía.

—Nada —digo con toda la soltura de que soy capaz—. Rafa nos ha encargado que subamos estos dos libros.

—¿Y por qué no os habéis parado a decírmelo y habéis salido corriendo?

—Es que tenemos prisa —salta Quique—. El partido está a punto de empezar…

—¿Qué partido? —pregunta Felipe.

—Pues… —balbucea mi amigo.

—¡Ah, claro! El del Atleti, es verdad. Luego se pone el barrio hasta arriba de gente, cortan la calle y no hay quien coja el autobús. Y Rafa coge el 35 que pasa por el estadio para ir a su casa, tendrá que darse prisa. Dejad los libros ahí y marchaos, ya los colocaré en su sitio mañana.

Salimos precipitadamente, aún no he logrado controlar el temblor de las manos y agarro con fuerza las de Quique, que también tiemblan.

En el claustro, frente al museo, ahora hay más gente: Germán, el conserje, empuja la puerta y tampoco es capaz de moverla a pesar de que es una especie de gigante fortachón.

—Quiero irme, ¿no has tenido bastante por hoy? —me dice Quique.

—No puedo marcharme sin saber qué ha pasado con ese hombre.

—Está bien —cede—. Me quedaré contigo, aunque a Rafa no le va a hacer gracia que sigamos aquí.

El reflejo azul de las luces de un coche de policía se cuela en el claustro. Nos escondemos en una esquina, tras una columna, desde donde podemos ver sin ser vistos. Hay un revuelo de gente que habla: alumnos del turno de tarde, profesores, conserjes. Rafa intenta hacerse entender en medio del jaleo. Dos policías entran y se dirigen al grupo. Vemos cómo Rafa habla con ellos, aunque no llegamos a entender con claridad lo que dicen. Los policías también intentan abrir la puerta sin lograrlo, ahora empujan cuatro a la vez; pero la madera, que parece hormigón, ni se mueve. Oímos fuera la sirena de los bomberos que han tardado poquísimo en llegar: su cuartel está aquí al lado, junto a la Plaza Mayor.

Policías y bomberos despejan el lugar y apartan a la gente que se agolpa ante el museo. Entran dos bomberos más, cargados con hachas y palancas. A pesar de la prisa que se han dado, puede que sea tarde, la duda me aterra. No deseo que nadie resulte herido y la idea de que yo sea responsable de la muerte de ese hombre me atenaza la garganta y me provoca un llanto incontenible.

—Tranquila —me abraza Quique—. Ya ha pasado todo. Voy a sacarte de aquí. No podemos hacer nada más.

Los golpes de los bomberos provocan un ruido ensordecedor, parece que intenten derribar una muralla. Quique tira de mí en dirección a la calle, pero me he quedado clavada en el suelo, petrificada de terror.

La sirena de una ambulancia se mezcla con el ruido de los hachazos contra la madera. Al fin cede y un humo negro sale por la puerta desvencijada. Los policías desalojan a la gente del claustro.

Me tapo los ojos porque no quiero ver más.

—¿Qué hacéis aquí? —nos grita un poli—. Marchaos ahora mismo.

—Queremos saber qué ha pasado —le contesta mi amigo.

—Ya os enteraréis mañana, ahora no es el momento.

Nos empuja hacia la puerta y es inútil resistirse. Es mejor que no nos relacionen con el incidente, espero que Rafa no revele que nosotros dos también estábamos. Lo difícil será encontrar una explicación racional a lo que haya ocurrido allí dentro, sea lo que sea. ¿Por qué oscuros motivos puede gritar de terror un hombre adulto encerrado en un lugar donde no hay nadie más que él? Porque seguramente no solo los vivos pueden hacer daño.

OLVIDAR

Sé que estoy a punto de olvidarlo todo. En unos minutos, esta peripecia desaparecerá de mi memoria. Lo deseo, pero a la vez lo temo. Deseo que los espectros y las visiones se marchen de mi vida para siempre, pero temo olvidar que la fuerza que me permitió sobrevivir con cordura al miedo fue el cariño de Quique. No quiero que el amor que siento se evapore también con los recuerdos.

Elisa me contó que sería así: cuando el objeto causante de las visiones se cambiara de lugar, yo olvidaría lo ocurrido. Se borrarán de mi mente las imágenes de los aparecidos que escaparon del portal de dolor y quizá también el afecto que demostraron mis amigos la noche de Halloween que pasamos en el palacio abandonado. Olvidaré a los espectros que me persiguieron por las calles del barrio y también los abrazos de Quique protegiéndome de las sombras.

Han pasado varios meses desde que el arquitecto del Ayuntamiento resultó gravemente herido dentro del museo. Aquella tarde, aparecí tan alterada en casa de mis padres que estuvieron a punto de llevarme a urgencias, aunque los disuadí diciendo que me bastaría con tomar una cena ligera y con acostarme enseguida en compañía de mamá, como cuando era pequeña y me asaltaban las pesadillas. Papá bajó a comprar algo para la cena y, cuando subió, nos contó que había un revuelo enorme en la puerta del instituto.

—Había hasta un coche de bomberos —dijo impresionado—, además de policías y una ambulancia. Decían que había habido un incendio en el museo.

De pronto, papá relacionó el incidente con mi cara descompuesta al llegar a casa y sacó la conclusión acertada:

—¿Qué sabes de esto? ¿Estabas por ahí esta tarde?

—Algo he visto. —No fui capaz de negarlo—. Creo que alguien se quedó encerrado en el museo... escuché sus gritos. Ha sido horrible.

—¿Por qué no nos lo has contado al llegar? —preguntó mamá.

No supe qué responder y me eché a llorar amargamente.

—Está bien —cortó papá, abrazándome—. No te angusties más. Y si mañana no quieres ir a clase, te quedas en casa tranquila y ya está. Yo iré a enterarme de lo que ha ocurrido.

—Mañana estaré bien —musité.

Y así ocurrió. Esa mañana y el resto de las mañanas hasta hoy, he amanecido contenta, distinta a la que había sido desde el comienzo del curso. Los espectros han desaparecido, ninguna sombra me acecha para pedirme ayuda, no he vuelto a ser prisionera de lo invisible: se han acabado las pesadillas. Hasta mi aspecto ha cambiado: las ojeras han desaparecido y el miedo también. Ya no tengo frío cuando salgo a la calle ni la tristeza me atenaza en clase. Es la tregua que dan los angustiados fantasmas después de que hayas ayudado al primero que te solicita.

He vuelto a ser la que era: risueña, alegre, estudiosa... hasta he recuperado la buena relación con mi padre, que está encantado de verme de nuevo así.

No reniego de esta experiencia: gracias a ella, Quique ha pasado a formar parte de mi vida con la fuerza de un ciclón. Sin él no habría sobrevivido, con él los días nunca son nublados.

Solo falta el último detalle para asegurarme de que las pesadillas han concluido, para dejar de ser prisionera de lo invisible de una vez y para siempre.

Rafa consiguió mantenernos al margen del incidente, pues nadie vino a preguntarnos nada. El museo estuvo acordonado por la policía varias semanas y el claustro, cerrado a los alumnos a la hora del recreo. Corrían toda clase de rumores entre los alumnos, al margen de la noticia que apareció al día siguiente en los periódicos. Nosotros sabíamos que la versión oficial no era la verdadera y, un par de días después, logramos hablar con la única persona que sabía el resto de la historia, mucho mejor que la misma policía.

—El hombre ha estado muy grave y ha sufrido una amnesia severa. No recuerda nada de lo ocurrido, no sabe qué le ha pasado —nos contó Rafa con la puerta del despacho cerrada a cal y canto—. La policía cree que intentaba suicidarse, que él mismo provocó un incendio en el museo y que se tiró por el hueco de la escalera, porque no había nadie más dentro cuando abrieron la puerta. Se ha salvado de milagro.

—¿Entraste luego allí? —le preguntamos.

—Sí, y lo que vi me puso los pelos de punta —confesó—. Quizá no quería lanzarse por el hueco de la escalera. Tal vez le empujaron.

—¿Quién? Si no había nadie dentro —dijo Quique.

—Nadie vivo —añadí yo.

Rafa me miró, dudaba entre seguir hablando u ocultarnos lo que sabía. Hubo de reconocer que solo a nosotros podía contarnos la verdad y que nos merecíamos el relato completo de los hechos.

—Algunas vitrinas estaban abiertas —habló en voz baja—, las de los animales disecados. Y el armario del esqueleto, también.

Cobraban un macabro sentido los rugidos y los aleteos de pájaros que escuché cuando el hombre nos gritaba desesperado al otro lado de la puerta.

—Y el modelo anatómico, el que está justo arriba... estaba también fuera de la vitrina y asomado al hueco de la escalera, justo desde donde se cayó ese hombre.

—¿Cómo le iba a empujar una figura de cartón piedra? —saltó Quique.

—Es absurdo pensarlo, lo sé —admitió Rafa—. Pero yo dejé todo en su sitio aquella tarde. Antes de que entrásemos nosotros lo estaban, las vitrinas de los animales se encontraban cerradas y el modelo anatómico dentro de su urna de cristal, de donde jamás se había movido en más de un siglo.

—¿Y si él mismo, desesperado, se puso a revolverlo todo? —Quique quería encontrar una respuesta lógica.

—También podría ser. Me han contado que ese hombre no está muy bien de la cabeza, tenía arrebatos violentos hasta con los compañeros. Los hombres que trabajaban en las obras del palacio dijeron que estaba obsesionado con encontrar algo entre las ruinas, ellos no sabían muy bien el qué. Es todo tan extraño…

Pero yo sé que la respuesta lógica no es la correcta, al menos no del todo. Preferí conformarme con las explicaciones de Rafa, a medias entre lo real y lo imposible, y me convencí de que nunca habría podido evitar lo sucedido. Nadie merece ser asaltado por las sombras, ni siquiera el más cruel de los villanos, pero quienes atraviesan el umbral de la muerte para pedir justicia tienen otras reglas. Eso también lo sé.

En cuanto a los libros… siguen siendo un misterio. Rafa nos aconsejó discreción, hasta que pasara el revuelo provocado por los extraños sucesos del museo. Convenía que guardásemos silencio y que no removiésemos el asunto. Lo más importante ya estaba logrado: los libros se encontraban a salvo de manos codiciosas, que era lo que deseaban los jesuitas, sus legítimos propietarios. La biblioteca era el lugar ideal para esconderlos, tan ideal que dudo que ahora pueda localizar el sitio exacto donde los guardé. Esa va a ser otra aventura: localizarlos y descubrir qué parte de verdad guardan. Es posible que los jesuitas supieran secretos que comprometieran gravemente al rey, tan graves que harían peligrar la Corona, pero ya no podemos cambiar esa parte de la historia. Sin embargo, el otro libro puede esconder desconocidas claves para viajar en el tiempo. Eso quiero creer y estoy impaciente por comprobarlo, aunque soy consciente de que debo esperar hasta que las cosas se calmen.

Todo está preparado para la inauguración. Hemos hecho lo que había que hacer: era imposible cambiar de sitio el reloj de sol que fabricaron los jesuitas en 1760, pero sí se podía hacer otro igual. Y eso hicimos. No sé cómo agradecerle a Rafa que atendiera mis deseos y se empeñara en reproducir un reloj de sol, idéntico, en la pared que se encuentra encima del claustro. Este nuevo se orienta en la misma dirección que el otro y marcará las mismas horas, aunque no se ajuste al sistema horario actual, que va dos horas por delante del solar. Ha sido un trabajo complicado, en el que hemos participado unos cuantos: Quique haciendo los cálculos matemáticos que se le dan tan bien; Claudia escribiendo las frases con una caligrafía exacta a la del original; Julio, Carmen y Lidia ayudando con la pintura; Yala y Lucía haciendo los recados… y Rafa y yo dirigiendo los trabajos.

Mis amigos me rodean, emocionados. Carmen, Lidia, Yala, Lucía, Claudia, Julio, Quique y yo hacemos una piña, nos abrazamos como si nos fuese la vida en ello. La primavera nos regala un día soleado, perfecto para la inauguración: así comprobaremos que, a las doce, la sombra marca la hora correcta. Rafa se ha subido al tejado y se acerca al reloj dispuesto a añadir el último detalle que falta: el palo que convertirá lo que hemos pintado en la pared en un reloj de sol. El agujero está preparado para que, a las doce en punto, Rafa lo ajuste con la orientación precisa.

—Esto parece el día de fin de año —bromea Julio—. Diez, nueve, ocho, siete…

Miro a Quique, no sé qué va a pasar y quiero que sea su imagen el último recuerdo antes de olvidar. Me sonríe y me manda un beso con la mano que vuela por el aire hasta mis labios.

—Tres, dos, uno…

Dirijo la vista hacia el reloj y veo que Rafa encaja el palo en su lugar. Una línea oscura, la sombra, repta por la pared hasta situarse encima del número diez. Son las diez en 1760, las doce en el siglo XXI.

De golpe se levanta una brisa extraña que se convierte en un fuerte vendaval, alrededor de mí todo se deshace, como arena del desierto. Ante mis ojos desaparecen el claustro entero y las personas que me rodean; no puedo gritar, la voz no sale de la garganta. Me encuentro en medio de la nada, una nada de color blanquecino, es como si flotase sobre una nube. ¿Qué me está pasando? No tengo miedo, ni siento ningún vértigo, solo una extraña sensación de languidez, como si me estuviese desprendiendo de un peso acumulado. Me siento tan ligera que podría volar. Intento alzarme por el aire, como un pájaro, pero mis pies están pegados al suelo. Oigo manos que aplauden y las mías, como si pertenecieran a una dimensión distinta, también lo hacen.

—El reloj es perfecto —me habla una voz que conozco bien.

Con la voz han regresado los colores y las formas, ya no floto en una nada blanca, sino que me encuentro en el claustro del San Isidro, rodeada de mis amigos. Quien me ha hablado es Quique.

—¿Qué reloj? —No sé a qué se refiere.

Miro alrededor y no entiendo qué demonios hacemos en el patio a media mañana. Mis compañeros levantan la vista y yo los sigo. Encima del claustro hay un reloj de sol que no había visto antes y Rafa nos saluda desde allí con la mano. Quique me observa, como si analizase mis reacciones. Noto cierta preocupación en su forma de mirarme. De pronto, me abraza y se pone a cantar en mi oído.

—*Penny Lane is in my ears and in my eyes. Here beneath the blue suburban skies.*

—¿Por qué me cantas *Penny Lane?* —le pregunto.

—Hace unos meses no podías vivir sin esa canción —responde, con voz temblorosa.

Sonrío, me hace gracia que se invente maneras de hacerme feliz y esa melodía al oído me produce unas agradables cosquillas.

—¿Hace unos meses? —le pregunto.

Ahora mismo no sabría responder qué hacemos en el patio, aplaudiendo, a las doce del mediodía; pero sí sé que, desde hace unos meses, mi vida es mejor gracias a Quique. Sé que me enamoré de él desde que lo vi sentado en la última fila, ajeno a las risas ridículas de mis compañeros. Sé que me ha acompañado en el camino, que ha logrado que la clase me resulte agradable. Hasta ha conseguido que haga amigos en un curso en el que todos me parecían idiotas.

—¿No te acuerdas de los fantasmas? —vuelve a hablarme al oído.

—¿De Prieto y sus colegas? —Supongo que se refiere a ellos.

—¿Y de mí? ¿Te acuerdas de mí? —Noto inquietud en el tono de voz.

—¡Cómo no me voy a acordar de ti! —Me río a carcajadas—. Eres lo mejor que me ha pasado en mucho tiempo.

Sin preocuparme de los compañeros y los profes que nos rodean, le planto un beso en la boca, sus labios saben salados. El grupo de amiguetes empieza a montar jaleo: unos ríen, otros aplauden, otros gritan... y la profe de Biología nos mira con mala cara: no le gustan las efusiones amorosas en público, como ella dice.

—¡Venga, a clase! —nos ordena la directora—. Se acabó la inauguración.

Todos protestan, quieren quedarse en el patio el resto de la hora para perder la clase de Biología. A regañadientes, vamos abandonando el claustro de manera ruidosa. Sin soltar la mano de Quique, camino con la felicidad tatuada en el rostro.

—¿Vendrás esta tarde a casa a estudiar el examen de mañana?

De pronto, recuerdo que tenemos un examen de Mates complicado y a mi amigo se le da fenomenal explicármelas: gracias a él las voy aprobando sin problema.

—¡Claro! ¿Me contarás cómo se resuelven las ecuaciones?

—Sí. Además te voy a contar una historia que no te vas a creer —me susurra al oído—. Y lo mejor de todo es que la protagonista eres tú.

ÍNDICE